幸せの温もりだというのなら、
もっと与えてやろう
ラ、ラ、ラフェオン様っ!?

Contents

猫かぶり聖女、討伐するはずの魔王がどタイプだったので帰るのやめた。

絶対に振り向かせてみせます!

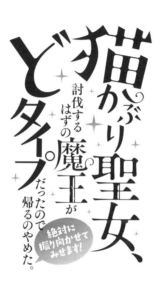

プロローグ　魔王討伐の結末……!?

「どうか、私のことは忘れて……皆さんは私の分まで生きてください……！」


大聖女と呼ばれる少女の悲痛な叫びがあたりに響いた。

いつも艶《つや》やかだった白銀の髪は乱れ、宝石のような青い瞳には今にもこぼれ落ちそうなほど涙が溜《た》まっている。

場所は魔王城、玉座に悠然と座る禍々《まがまが》しき魔王の眼前で、聖女の仲間たちはいまや満身創《まんしんそう》痍《い》のボロボロで、倒れ伏したまま起き上がることもできずに震えていた。

ともに魔王討伐に赴《おもむ》いたかけがえのない仲間。しかし討伐は失敗し、魔王は傷ひとつついていないどころか、椅子から立ち上がることさえなく彼らを一瞬で蹂躙《じゅうりん》した。

ここまでがうまく行き過ぎていたのだ。魔王は人間が考えていたよりもはるかに強大で、恐ろしい存在だった。

あとはもう全滅するだけ……絶望が広がっていく。

しかし、聖女セシリアだけは諦めなかった。

これまで仲間たちの戦いを幾度も助けてきた防御魔法も魔王の力の前では意味をなさず、回復魔法を使ってもすぐに同じように攻撃を受けて終わりだろう。それに、もう何度も聖魔《せいま》法《ほう》を使うほどの魔力は残っていないはずだ。

ならばどうするか。

聖女は覚悟を決めて身体に残った聖魔力《せいまりょく》を集め、そして叫んだのだった。


仲間たちは悟った。聖女は自らの命と引き換えに、自分たちを助けようとしている——。

「ダメだ……！　セシリア、君を見捨てることなどできる訳がないだろう！」

勇者として仲間を率いてきた第一王子ナイジェルは、聖女セシリアを愛していた。魔王討伐が終わり、無事国に戻ったあかつきには彼女に求婚する腹積もりであった。

愛する人がその身を犠牲にすることなど許せる訳がない。

「ナイジェル殿下のおっしゃる通りですセシリア様！　あなたを犠牲にするなどもってのほかです！」

魔法使いヘスは聖女セシリアを慕《した》い、彼女を守り支えたいと思ってきた。自身が仕える王子ナイジェルの手前一歩身を引いてはいたものの、彼もまたセシリアを愛していた。

自分が無力なばかりに、大事なセシリアがすべてを背負おうとしている絶望に、溢《あふ》れる涙を止めることができない。

「セ、セシリア様……」

か細く、震える声が落ちる。誰よりも長く聖女の側《そば》にいた、彼女の護衛でもある聖騎士《せいきし》フォードはあまりのことに言葉を続けられない。

セシリアは力なく首を振る。

「お願い、分かって……私は愛するあなたたちをこれ以上傷付けたくない」

「セシリア……！」

「最後に力を振り絞って、あなたたちを転移させるとともに結界を張ります。次の聖女が現れるまで、人間たちの大陸は魔族の脅威《きょうい》には晒《さら》されないでしょう」

セシリアは微笑《ほほえ》む。それは聖女の微笑みと言われる、美しく慈愛《じあい》に満ちた微笑みだった。

彼女の頬《ほほ》を伝った涙が眩《まばゆ》いほどの光を放ち始める。

「どうかあなたたちは幸せになって……」

次の瞬間、聖女以外の三人が目を開けると、そこは自国・レクセル王国の城内だった。

◆◇◆◇

かき集められた回復魔法士たちから治癒を受けたあと、国王にすべてを報告したナイジェルとヘスの心はすでにセシリア奪還へと向いていた。

「セシリアは死んでいない！　セシリアには言っていなかったが、彼女に何かあれば彼女の魔力を映したこの魔法石が輝きを失うんだ！」

ナイジェルはそう言い、セシリアの瞳と同じ青色にキラキラと光り輝く魔法石を掲《かか》げてみせる。

「そうです！　セシリア様は歴代で最も力のある聖女様だ！　それに魔族にとっても聖女の力は役に立つ。きっとそう簡単には殺されないはずです！」

ヘスの言う通り、魔族にとっても聖女の力は魅力的なものだった。

「フォード殿！　セシリア様と誰よりも長くともにいたあなたもそう思うでしょう⁉」

「…………はい」

興奮しているナイジェルとヘスは、フォードの返事の歯切れの悪さには気付かなかった。

◆◇◆◇

セシリアが幼い頃から彼女の側にいたフォードは、ただ一人セシリアの本性を知っていた。

——彼女が、誰もが思う『完璧な聖女の中の聖女』などでは、決してないことを。

そんな彼だから気付いたことがある。

（何が起こったか分からないくらい一瞬で俺たちをボロッボロにしたあの強力な攻撃魔法、どう考えても魔王じゃなくてセシリア様の魔法だったんだよな〜〜〜！　むしろ魔王も呆《ぼう》然《ぜん》としてたし！　もう！　なんだこれどういうことだよ⁉）

唯一本性を知るものとしてセシリアにさんざん振り回されてきたフォードだが、そんな彼をもってしてもこの状況はまったく理解できないものだった。

一体どうしてこうなった？

ただひとつはっきりしているのは、セシリアは犠牲になったのでもなんでもなく、自ら望んで、なんなら嬉《き》々《き》として魔王城に残ったということである。

「もうほんと、勘弁してくれよ〜〜！」

苦労人フォードはまだまだ待ち受けていそうな面倒を思い、頭を抱えずにはいられないのだった……。

第1話　聖女、魔王がどタイプだったので帰るのやめた

（ふう。これでよし）

私――セシリアは仲間たちを転移させて一息つき、玉座のほうへ振り返った。

さっきから微動だにしていない魔王は、目を見開いて固まっていた。どうやらとても驚いているらしい。

魔王。文字通り魔族の王。人間に脅威をもたらし、恐怖を振りまく存在。

私に比べて二回り以上は大きな身体。歴戦の猛者《もさ》でさえ裸足《はだし》で逃げ出したくなるような体《たい》躯《く》。とても理性を持っているとは思えない獰猛《どうもう》で狂気に満ちた眼差《まなざ》しと、何人の人を食べたんですか？　と尋《たず》ねたくなるような大きな口。黒く長い髪はまるで生き物のように大きく広がり、その存在こそが恐怖の象徴といっても過言ではない。

……他の三人には、そんなふうに見えていたことだろう。

「な、な……！　ど、どういうことだ!?」

獣《けもの》の咆哮《ほうこう》のような声がなんとか言葉を紡《つむ》ぐが、この声すらもまやかしである。私には分かる。本当は私の心臓を鷲掴《わしづか》みにするようなセクシーボイスです。低く底冷えするような声で

はあるけれど。

歴代最強と言わしめたこの私の聖魔力の前では、魔王の擬態《ぎたい》は意味をなさない。ゆえに私にはこの魔王の真実の姿が見えていた。

その真の姿を頭のてっぺんからつま先までじろじろと見分《けんぶん》し——ついついうっとりした気持ちで呟《つぶや》いてしまう。

「ああ、なんって素敵なお姿なのでしょう……！」

「は？」

薄く整った唇がポカンと開かれている。

擬態のように私の二回りはさすがにないものの、身長は確かに高い。深く玉座に座っている今の状態からでさえ、引き締まった身体にスラリと長い脚、バランスのいい身体つきをしていることがすぐ分かる。

髪の色は擬態と同じく漆黒《しっこく》だけれど、夜の闇を閉じ込めたようなその色が艶やかに肩に流れている様は匂い立つほど魅惑的だし、血に濡《ぬ》れたように鮮やかな赤い瞳も、私にはまるで甘やかな苺《いちご》のように美味《おい》しそうに見える。

大きな玉座がよく似合っているけれど、動揺からか今にもそこから転がり落ちてしまいそうだ。

ああ、そうよね。びっくりして動揺しているんだわ。きちんと説明しなくちゃね。

そう思い、私はとびきりの笑顔を浮かべて口を開いた。

「安心してくださいましね。仲間の三人は国の王城へ転移させましたので、もうここに乗り込んでくることはありませんわ」

「……は？」

「あ、ちなみに三人には私が麻痺《まひ》効果を付与《ふよ》した攻撃魔法を叩《たた》き込んでおきましたので、おそらく魔王様の攻撃だと勘違いして今頃その恐ろしさに恐怖していますわ。ゆえに懲《こ》りずに再びここまでやってくる可能性も低いかと」

「……え？」

「うーん、もっと言うならば三人のうち騎士の格好をした者は私の護衛でして、きっと私の意を汲《く》んでくれるはずですので、心配いりませんわ」

「……お前の意？」

「はい！　私、あなた様がどタイプなので、帰るのやめました！」

「は……はあぁ⁉」

魔王はついに絶叫した。

◆◇◆◇

セシリアは歴代最強の力を有した、完璧な聖女だった。

強い聖魔力、慈愛に満ちた心根、優しき振る舞い、彼女を目にしたすべての人間を魅了する微笑み……セシリアが歩けばそこに花が咲くと謳《うた》われるほど、神々にも人々にも愛される存在。

治癒《ちゆ》や浄化だけではなく、「私の手の届く範囲は限られていますから」と、広く民を救えるように薬学も学び、薬師よりも上等な薬を作り、「治癒だけが人を癒やす訳ではありませんもの」と歌を嗜《たしな》み、花を育て、悩める人々の心身ともに癒《い》やしを与える。

そんなセシリアを誰もが愛し、敬《うやま》った。

力だけでなく、心までも生まれながらに至高の聖女。それがレクセル王国の誇る聖女セシリア。

――本当に、思い返せばつまらない人生よね。

そう思い、私ははあ、とため息をつく。

そう、私の人生はつまらなかった。今日までは。

私は決して人々の間で語られているような完璧な聖女などではない。むしろ、そんなにも期待しちゃって、もしも私の心の声が聞こえたなら、民たちはみんなショック死してしまうのじゃないかしら？　といつも思っていた。

だって、私の本性は見せかけのものとはまったく違うのだから！

（というか、そんな完璧な聖女なんている訳がないじゃない？　いたら逆に怖いわ。そんなのもはや人じゃないでしょ）

人というのは、欲にまみれた生き物だ。そしてそれでいい。欲こそが生きる力、欲こそが生きる意味。幸せは欲に直結している。私はそう思っている。

そういう意味で言えば、今日までの私は生きているとは言えなかったわよね。

今まで、何をしてもつまらなかった。

崇《あが》め奉《たてまつ》られたって別に気持ちよくもないし、そんなのを望んだこともない。

欲しいものは全部簡単に手に入るから、何かを手に入れても満足感も何もない。

あまりに能力が高過ぎて、「もっと自分を高めたい！」なんて欲求も湧いたことはない。

だって私はいつの時点でも人類最強だもの。むしろ、つまらな過ぎて全力なんて出したことはない。

そう、今でさえ歴代最強と謳われているが、実際の私は人々に認識されているよりずっと力が強く、有能だ。

強過ぎる能力にわざと自分で決めた制限を設けて、ギリギリの力だけでいろいろこなす、なんてことをして遊んでいた。


慈愛に満ちた心根？　まさか！　本当は結構下衆《げす》だ。

魔王討伐の道中だって、ナイジェルやヘスが魔物に勝てるだけの付与魔法を、どれだけギリギリまで絞れるかで遊んでいたしね。

だってつまらなかったから。そうしたって大して楽しくなかったけど。

ナイジェルが私への求婚を決めていたのにも気付いていた。

魔王討伐が終わったら結婚か～～王太子妃、ゆくゆくは王妃か～～～今以上に拘束されてつまんなそ！

ギリギリで「私にはまだ修行が足りません」とかなんとか適当なこと言って国外に逃げちゃおうかな？　フォードだけ連れて、好き勝手に生きていくのもいいかもしれないわね。

そんなふうに思っていた。

楽しいこと、心を震わせるようなこと、欲が湧き上がるようなこと――生まれた時からずっと、そんなふうに夢中になれるようなものは何もなくて、いつもそんな何かを探していた。

そして今日、ついに見つけた。

「それが、あなた様ですわ、魔王様！」

「いや、おかしいだろ！」

「鋭い突っ込みもすっごく素敵！　好き！」

こんなに気持ちが昂《たかぶ》ることなど、これまで生きてきて一度もなかったわ！

「ところでつかぬことをお聞きしますが、魔王様のお名前は？」

訝《いぶか》しげに私を睨《にら》みつけた魔王様は、私がまったく怯《ひる》む様子がないことを悟ると渋々と口を開いた。

「…………ラフェオンだ」

「まあ！　お名前まで素敵！　好き！」

「ハア…………」

魔王様――ラフェオン様はうんざりしたように大きくため息をつく。

うーん！　そんな憂《うれ》いのあるお顔もたまらない。

初めて感じる欲求、初めて湧き上がる欲望に心が震える。

私、絶対に魔王様に愛されたい。

いいえ、絶対に愛されてみせます！　好き！

第２話　聖女、過激な魔王弟を成敗して懐《なつ》かれる

ラフェオン様との運命的な出会いを果たし、あっという間に恋に落ちて数日。私は魔王城の真横にささやかな離宮（私は勝手にそう呼んでいる）を建ててそこで生活を始めていた。

「どう考えてもおかしいだろう！　この建物はどこから現れた！」

「きゃあ！　ラフェオン様！　今日もとっても麗《うるわ》しいですわ好き！」

しまった、挨拶より先に思いの丈をぶつけてしまったわ。ほら、愛するラフェオン様だって呆《あき》れて頭を抱えている！

こほん！　誤魔化すように軽く咳払《せきばら》いをしたあと、気を取り直して礼を執《と》る。

「私としたことが、ご挨拶もせずに大変失礼いたしました。おはようございますラフェオン様好き」

「お前は語尾にそれを付けんと喋《しゃべ》れんのか」

私は考える。そうかもしれないわね……。

だってこんなにも溢れる想《おも》い。喋るたびに抑えられない激情が飛び出してくるのだから仕

方ない。

ラフェオン様が素敵過ぎるのが悪いのだ。これはもはや罪。罰として一生私の側にいる刑に処します！　なんちゃって！　きゃっ！

「ラフェオン様。あなたが望むならこの私が人間界に攻め入るお手伝いをしましょう！　それともまずは人が崇める聖獣《せいじゅう》を捕獲してきてペットにでもいたしましょうか？」

「いらん！　余計なことはするな！　というか、お前はそんなこともできるのか……」

ええ、ええ！　できますとも。今まで興味もなくてやらなかっただけ。

けれど今の私にはラフェオン様が一番ですから、望まれるならなんでもやりましょう。うふふ！

遠く離れたどこかで護衛騎士フォードが「頼むからやめてくれ！　聖女じゃなくてもいいからせめて人間やめるな！」と叫んだような気がしなくもないが、気にしない気にしない。

ラフェオン様は困った顔をしながらも、無理に私を排除しようとはしなかった。しかし、私に力を振るえとも言わなかった。

それどころか、痩《や》せ気味で顔色の悪い、ラフェオン様の側近だという男を私に紹介して、何かあれば彼——ロッドに言うようにと静かに告げた。

歓迎されている訳ではないのは分かっていたから、もっと嫌がられるかと思っていたのに、この対応は少し意外だわ。

聖女である私の力を警戒しているのかしら？　それとも、そもそもこれは罠《わな》で結局聖女である私は人間の味方だと疑っているの？

なんて思っていたけれど、それは違うとすぐに分かった。

なぜならば――


「腑《ふ》抜《ぬ》けた兄上が、無能である人間の、よりにもよって聖女に情けをかけているというのは本当だったんだな！　人間族との和平を望む魔王など前代未聞！　この俺様がお前を殺し、兄上を排除して人間の世界を征服してやる！」

離宮で一人くつろいでいるところに、ラフェオン様とどこかお顔の似た黒髪の魔族の男が乗り込んできて、高笑いしながらそんな宣言をしたからだ。

なるほど。ラフェオン様は人間との和平を望んでいると。だから私が好き勝手にしても困るばかりで、何も望まず、私を排除しようともしなかったのね。

……え、ちょっと待って？　つまり私ったら、ラフェオン様の望みと真反対の提案を嬉々としてしまったということじゃあないの！　やだ、嫌われていたらどうしよう！

「そんな大事なことはもっと早く言ってくださいまし！」

「う、うぐぅっ！」

私は湧き上がる焦燥《しょうそう》と後悔を怒りにすり替えて、魔族の男を成敗した。

具体的にいうと、拳《こぶし》に聖魔力を纏《まと》わせて、こう、ガツン！　とね。物理的に殴り飛ばしてやったのだ。

私ったら最強過ぎて物理攻撃力も高いのよ。うふふ！

私が失言をしたのはこの男が現れる前だったのだから、この鉄拳制裁が理不尽だとは分かっていたけれど、荒ぶる心を止められなかった。

もちろん、ちょっとこらしめてやっただけで、すぐに治癒してあげたけど。

それにしても、ちょっとすっきり。いいストレス解消になったわ！　よほどの無能でなければ、これで圧倒的な力の差を理解しただろうから、今後はさっきのように無闇《むやみ》に絡《から》んできたりはしないでしょう。

そう思っていたのに……。

「セシリア様！　俺様――いや、僕はとんでもない思い違いをしていました！　人間などとるにたらない矮小《わいしょう》な存在、魔族こそが至高の存在であるのだから、我ら魔族こそがこの世界すべてを手に入れ征服するべきだと、目も当てられないような勘違いをしていたのです！　セシリア様のようなお強く素晴らしい方がいらっしゃることを知らずに、そのような世迷いごとを口にしていたなど、まったくもって僕は恥ずかしく情けない存在です！　だからお願い愚《おろ》かなこの僕をあなたの奴隷《どれい》にしてください！　そしてどうかもう一度殴って！」

「ええ……？」

強さこそ正義！　という訳ね、この脳筋《のうきん》め！　と思いながら聞いていたけれど、途中からどうも様子がおかしいわね……？

「蹴《け》るのでもオッケーです！」

「うわあ……」

そんなふうに、なぜか男は目をキラキラさせて私を慕うようになった。

どうやら開くべきではなかった扉を開いてしまったらしい。

気持ち悪い！　私のことをそういう目で見てもいいのはラフェオン様だけよ！

とはいえ当のラフェオン様は、決して私のことをこんな目では見てくれないのだけど。

それにしても外面《そとづら》よく振る舞っていた人間界で私がチヤホヤされていたのは分かるけど、何も取り繕《つくろ》っていないのにこんなふうに慕われるなんて、ちょっと予想外ね。

魔族の感性ってよく分からないわ。

◆◇◆◇

離宮の自室でくつろいでいると、ロッドがやって来た。

「ああ、セシリア様！　感謝いたします！　まさか過激派筆頭でいらっしゃる魔王弟イルキズ様をあっという間に改心させてしまわれるなんて……！」

「はあ」

感激に目を潤《うる》ませるロッドを前に、思わず気の抜けた返事をしてしまう。

あの男、魔王弟だったのね。どおりでラフェオン様にほんの少し似ている訳だわ。まあラフェオン様の溢れ出る魅力の足元にも及ばないけれど？

そういえば「兄上」って言っていたような気がするかもしれない。興味がなさ過ぎて聞き流していたわ。

そんなことを思いながら、私はチラリと目線を下げる。

魔王弟イルキズは私の斜め前に、まるで忠犬のようにお座りして目を輝かせていた。

あれからずっとこの調子だ。

ロッドは私がこの男を改心させたと言ったけれど、改心……？　改心でいいのかしらこれ？

「人と争うことを避けたいと望む魔王陛下は、イルキズ殿下の『人間蹂躙《じゅうりん》すべし』という過激思考にずっと頭を痛めてらしたのです。どう説得しようとも意固地になるばかり、魔族としてはイルキズ殿下のご意見のほうが一般的だということもあり、力ずくで抑える訳にもいかず……。陛下が私をセシリア様にお付けになったのも、イルキズ殿下があなたに害を与える可能性があるからと心配なさってのことで……」

「まあ！　ラフェオン様は私を心配してくださっていたの⁉」

なんということでしょう。思わぬ事実の発覚に胸の高鳴りが止まらないわ！

ロッドがつけられたことに対して、監視なのかしら？　それでもいいわなんて思っていたのに、実は私を心配して自らの側近ロッドをお側に付けてくれていたなんて！

ラフェオン様ってば2％くらいはすでに私のこと好きなのでは？？？？？？

嬉《うれ》しくなって、私はすぐに隣の魔王城へ乗り込んだ。

さすがにロッドが慌てて止めようとしたけれど、ふふん！　恋する乙女は誰であろうと止められないのよ！

「ラフェオン様、結婚式はいつにしましょうか好き！」

「寄るな！　帰れ！」

ぺっ！　と追い出されてしまった。どうやら2％ではさすがに足りないようだ。

だけどそんなつれないところもとっても素敵だわ。

私は諦めない。どれだけ時間がかかっても、きっとそのお心を手に入れてみせます！

第3話　聖女、使用人を追い出そうとして懐かれる

魔王弟イルキズをこらしめて数日後、私の暮らす離宮に、ロッドに連れられて三人の魔族がやってきた。

女性が一人、男性が二人である。どうやらメイド、料理人、庭師らしい。

どうしていまさら？　と思わなくもないけれど、それよりも気になったことがある。三人とも、なんだか見るからにボロボロなのよねえ。

「ねえ、どうしてあの三人はあんなに怪我《けが》をしているのかしら？」

気になって、こっそりとロッドに聞いてみた。

ノンナと名乗ったメイドは顔に大きな傷があり、左目は潰れているし、料理人としてやってきた体格のいい男性デイミアンは右足がない。小柄で華奢《きゃしゃ》な庭師の少年キャムは足を引きずっている上に右手を失っていた。揃《そろ》いも揃ってボロボロもボロボロだ。

私の質問に肩をびくりと震わせたロッドは、顔色を悪くしながらも答えてくれる。

「た、大変申し訳ございません！　セシリア様に快適に暮らしていただくべく早急に使用人を募《つの》ったのですが、やはりまだ聖女様であらせられるセシリア様をよく思わない愚か者も多

く……。怪我がひどく他でなかなか働き口が見つからないあの三人しか連れてくることができなかったのです」

懺悔《ざんげ》するようにそう言ったロッドの話は、ちょっと私の聞きたかった内容とはズレていた。

どうしてそんな怪我をしたの？　という質問をしたつもりだったのだけれど、どうしてそんな怪我をしている三人なの？　というふうに聞こえたらしい。

まあいいか。そこまで興味がある訳でもないし。

なるほどねえ。行き場がないからしょうがなく連れてこられただけで、きっとあの三人も私なんかに仕えるのなんて嫌で仕方ないんでしょう。どう見ても渋々だし。私に挨拶するどころか目も合わさないし。

そもそも、別に使用人なんかいらないのよねえ。なんだか急に私に好意的になったロッドが気を遣って集めてくれたんでしょうけど、一人でなんでもできるし。自分を嫌っている人に無駄に側にいられてもただのストレスだわ。

という訳で、さっさとここから出て行ってもらうことにしましょう。

「ちょっと皆さん、こちらに集まってくださいますか？」

私が声をかけると、嫌そうな顔を隠すでもなく、三人は本当に渋々と集まった。

嫌そうながらも少し怯《おび》えたふうなのは、私が聖女だからだろうか。聖魔力で傷付けられるとでも思っているのかもしれない。

その態度を見ていると何か声をかけるのも面倒くさくなって、私はさっさと三人に魔法をかけることにした。

それぞれ怪我の症状や欠損に差があるみたいだけど、個別に調整するのも煩《わずら》わしくて、とにかく強めの治癒魔法を一気に全身に浴びせかける。

三人は一瞬、私が発した聖魔法の光の眩しさに攻撃されたと思ったのか、守るように身を縮めたり、身体を庇《かば》うような仕草を見せたけれど、すぐにそうではないと分かったようで、光に包まれた自分の手や身体を見つめながら呆然と立ちすくんだ。

失礼しちゃうわね！　この私があなたたちを傷付けようと思っていたなら、今頃その存在はチリひとつ分も残ってやしないわよ！　ふん！


「は？」

「え？」

「嘘《うそ》だろ……？」

光が収まったあと、すっかりすべての傷が癒えたの見て三人は呆然としている。

私の治癒魔法であれば、傷だけでなく失くした目や足や腕だって元通りだ。

「さあ、すべての傷が癒えたなら、いくらでも他の仕事につけるでしょう？　ここを出て好きなところへ行くといいわ」

怪我が原因でこんなに嫌がっている私の元でしか働けないなら、その怪我を治すまでよね。そう考えてわざわざ治癒をかけてやったのだ。

それなのに、三人は震えるばかりで動こうとしない。

まあ一生治らないと諦めていた怪我がいきなり元通りになっても、すぐに現実だと受け入れることができないのだろう。実感が湧いてきたら出て行くといい。

それまで私は私で気にせずくつろがせてもらおう、とお茶を淹《い》れようとしていたら、ティーポットを持つ手にそっと誰かの手が添えられた。

顔を上げるとノンナだった。揃った両目は潤んでいて今にも泣き出しそうだ。傷が癒えた顔は泣きそうに歪《ゆが》んでいてもなかなか可愛《かわい》らしい。

「……セシリア様は、どんなお茶がお好みですか。どうかアタシに淹れさせてください」

ノンナは震える声でそう言った。

……あら？　出ていかないの？

意外に思っていると、キャムとデイミアンも転がるように走り寄ってきて、私の足元に跪《ひざまず》いた。

「セシリア様はどんな花がお好きですか⁉　この離宮の庭園を僕が誰よりも美しくしてみせます！　だから……！」

「セシリア様、料理はどうですか⁉　前菜からデザートまで、絶対に満足させてみせますから！　もちろんおやつも用意させていただきます！　だ、だから俺をどうかお側に置いてください！」

出ていかせようと思って傷を治したのに、逆に懐かれたらしい。なんで？

「ええっと……あなたたち、嫌々ここに来たんでしょう？」

確認のためにそう聞くと、三人はさっと顔を青ざめさせた。

「ど、どうかお許しを！　あなた様がくださったご慈悲《じひ》に報いたいのです！　この未来への光はあなた様がくださったのですから！」

わあ！　驚いた。魔族って、思っていたより情に厚いらしい。まさかちょちょいとかけた治癒魔法で、こんなに恩に思われるとは。

それにその瞳に宿るのは本気の親愛に見えるのだけれど。懐くの早っ！　いくらなんでも傷を治しただけでこれほど私に気を許すとは思わないじゃない？

魔族のあまりのチョロさに唖然《あぜん》としていると、横からウッウッ……とすすり泣く声が聞こえてきた。

そちらに視線を向けると、隣でロッドが嗚咽《おえつ》を上げながらハンカチで目元を抑えていた。

「ああ、ああ！　なんと美しい光景だ……！　聖女セシリア様……本当に、なんと慈悲深い……魔族の中でもあれほどの怪我を負うような弱き者は出来損ないと蔑《さげす》まれるのが常。ましてや人間であり不遜《ふそん》な態度を向けられたセシリア様がこの三人の傷を癒やすなど……！　いや、そもそも失くした腕や足が戻るなど、真《まこと》にこの世の奇跡……！」

どうやら感激の涙を流しているらしい。

うーん？　そんなつもりじゃなかったのだけれど……？

……まあいっか！

気を取り直して三人に向き直る。使用人はいらなかったけど、役に立ちたいというなら別にそれを拒む必要もない。

「ねえ、さっきの答えだけれど、お茶もお花も料理も、ラフェオン様がお好みのものにしてほしいわ！　ラフェオン様がお好きなものを私も好きになりたいの」

満面の笑みで告げると、三人はハッと息を呑《の》み、全員がハラハラと涙を流し始めた。

「セシリア様……アタシはひどい誤解をしていました。人であり、ましてや聖女様であるセシリア様がアタシたち魔族を対等な目で見る訳なんてないと……」

「俺も、そうです！　何を企《たくら》んでいるんだって、そんな穿《うが》った目で見ていました」

「それを言うなら僕もっ。魔王様の優しさにつけ込んで、寝首をかく隙を狙っているのかと……」

「まあ、ラフェオン様の優しさにつけ込んでいるというのは、あながち間違っていないわね」

その優しさ、甘さにつけ込んでお側にいるのだもの。

もちろんあの方を傷付けるつもりなんてないし、逆にあの方を傷付けるやつが現れたら迅速に排除してみせますけどね！

「「「セシリア様の美しい恋を応援させてください！」」」

うっとりとラフェオン様に想いを馳《は》せる私に、三人が声を揃えて言いつのる。

……そうね。外堀から埋めていくのも悪くないかもしれないわね？

それに、『美しい恋』と言われるのはなかなか気分がいい。

「うふふ、ありがとう！　頑張るわね！」

応援してもらえるのは素直に嬉しくて、その喜びのまま私は今日も魔王城に突撃する。

「ラフェオン様！　今日はワイバーンを手土産として持ってきましたわ！　お好きだとお聞きしましたので！　さらに言えば私を愛していただけた場合、このようにラフェオン様の好物をいつでも捧《ささ》げることが可能です！」

これは料理人デイミアンからの情報提供である。仕事がなくとも職業病のように主君であるラフェオン様の好む食べ物の情報は収集していたのだとか。好感が持てるわ。

それを聞いて、晩餐《ばんさん》に間に合うようにと大急ぎで狩りにいってきたのだ。こうして小さなことから大きなことまで隙あらば私の魅力をアピールよ！

ラフェオン様は、自分より何倍も大きなワイバーンを掲げる私を見て頭を抱えた。

「ハア……おい、それを置いてさっさと帰るつもりか？　俺が一人で食すにはでか過ぎるのが分からんか！　少し待て、責任持って付き合え」

「！」

え、まっ、これはもしかして、ば、晩餐に、誘われた、ですって……？

これは！　もう私への好意が８％くらいに高まっているのじゃあないかしら⁉

「ラフェオン様、喜んでご一緒させていただきますわ好き！」

「分かったからさっさとそこに座れ」

うんざりしたお顔であしらうお姿も素敵過ぎる……！

興奮する私を見てため息をつくラフェオン様。麗しいお身体から吐き出された空気がそのまま消えて行ってしまうだけだなんてもったいないので、急いで深呼吸しておいた。

うふふ、明日はどうやって私の魅力をアピールしようかしら？

第４話　（人間界）聖女セシリア奪還《だっかん》作戦①

その頃、人間界。

レクセル王国、王城の執務室にて。

第一王子ナイジェルと魔法使いヘス、聖騎士フォードは額を突き合わせ深刻に話し合いを重ねていた。

「一刻も早くセシリアを奪還《だっかん》せねば、いかに気高く微笑みをもって私たちを守ってくれたといえ、きっと彼女は今頃一人で心細さに泣いているだろう」

フォードは内心で苦笑した。

（いや、絶対泣いてないです。あんだけ容赦なく俺たちに攻撃魔法叩き込んで意気揚々と残ったくらいだ。むしろ今頃、大喜びで高笑いでもしているはず）

「その通りです。セシリアは強く誇り高き聖女ですが、一人の繊細で心根の美しい少女ですから」

フォードは内心で失笑した。

（優秀と評判の第一王子と王国お抱えの天才魔法使い、どっちも見る目なさ過ぎだろ。この国の未来、大丈夫？）

だって、フォードは知っている。セシリアほど「繊細」と対極にいる生き物はいない。確かに見た目は儚《はかな》く庇護《ひご》欲《よく》をそそる美少女だが、心根は美しいどころか根腐れしている。

とはいえ、現状で彼女の本性を知るのは自分だけだということを思えば、「見る目がない」としてしまうのはいささか乱暴過ぎるかもしれないとも理解していた。

（そうだよな。セシリア様の擬態、猫かぶりがうま過ぎるんだよな……）

おかげでいつだって胃を痛める羽目になるのは唯一真実を知るフォードなのだ。

「しかし、私たちはセシリアの尊き力を借りてやっと魔王城へ辿《たど》り着いた。それを思えば、闇雲に乗り込んでもあの場所へもう一度辿り着くことすらできないだろう」

ナイジェルの言うことはもっともだった。

フォードとしてはどれだけ自分が疲弊《ひへい》しようと、傷付こうと、結局のところセシリアがいるのだから魔王討伐は必ず成功すると思っていた。それはもう一億％討伐できると確信していた。疲弊も怪我もセシリアの気分によるもので、討伐達成への可能性を示すものではないのだし。

それなのに、達成できなかった。セシリアに魔王を討伐する気が微塵《みじん》もなかったからだ。

（最初は一応、予定通りに討伐する気だったはずなのに。あの人でなし聖女、いつ気が変わったのやら……！）

ついでに言うと、フォードはこの作戦会議ほど意味のないことはないと思っている。セシリアの奪還など絶対に無理だ。なぜなら本人に帰る気がないのだから。

逆に言えばあの台風のような人が帰ってくる時は本人が帰りたくなった時なので、本当のところは放っておけばいいだけなのだ。

しかしそれを口にすることはできない。それがとんでもなくもどかしい……！

「……ひとつだけ、希望があります」

意を決したように口火を切ったのはヘスだった。

「もうすぐ、目覚めの時だったはず」

もったいぶったその言葉にナイジェルがハッと息を呑む。

「聖獣か！」

レクセル王国が崇める聖獣は、月の巡りに合わせて眠る。約二十年前、月の巡りとともに深い眠りについていた。

月の巡りを数える呪《まじな》い師によると、その眠りが終わり聖獣が目覚めるのは間もなくとのことだった。

「聖女を愛するという聖獣なら、きっと力を貸してくれるはず……！　それに、その身に宿す聖なる力によって魔族にも対抗できるだろう」

「僕もそう思います。聖獣様が目覚められたら、お願いに参りましょう！」

「…………」

やっと見えた希望の光に心を照らされたナイジェルとヘスは、気まずそうに黙ったままでいるフォードには気付かない。

（なんか嫌な予感がする……いや、さすがに聖獣様が動かれることで何かまずいことが起こるなんてことはないよな……？）

不幸にも、フォードには魔界でのセシリアの発言や振る舞いを知る術《すべ》はなかった。

『ラフェオン様。あなたが望むならこの私が人間界に攻め入るお手伝いをしましょう！　それともまずは人が崇める聖獣を捕獲してきてペットにでもいたしましょうか？』

彼女のそんな発言を知っていたならば、湧き上がった嫌な予感を見ないふりなどしなかっただろう。

◆◇◆◇

数日後、聖獣は目を覚ました。

ナイジェルとヘスの必死の訴えを耳にした聖獣は忌々《いまいま》しそうに大きな咆哮を上げると、魔界のある方角へ向かって消えていった。

「これで、きっとセシリアも無事に……」

本来、いかに王族であるナイジェルや、特別な魔法使いであるヘスといえど、聖獣が会うことはない。おいそれと会える存在ではないのはもちろんだが、それだけではない。

命あるものを治癒し、守護する聖魔力であるが、強過ぎれば人の身体にとっては負担になる。長い眠りから目覚めたばかりの聖獣は聖魔力に満ちていて、普通の人間は同じ空間にいるだけでも強過ぎるそれにあてられてしまうのだ。

それこそ、聖女でもなければ平気ではいられない。

セシリアを助けてもらうべく無理をしたナイジェルとヘスは、身体に備わった防衛反応により身に宿る魔力を著しく消耗し、それからしばらく寝込むことになった。

その一連の様子を見守りながら、フォードの胸騒ぎは止まらない。

（あ、あれ～？　なんで俺こんなに嫌な予感がし続けてるんだ？　絶対大丈夫だろ。さすがに大丈夫だろ。なのに気を抜くとつい祈っちゃってる自分がいるな。……聖獣様が、無事でありますよーに……）

ハッ！　これが小説などによく出てくる、いわゆるフラグ……!?

などと思いながらもやめられず、フォードは必死に祈り続けた。

ちなみにこうなってからフォードがセシリアの無事を祈ったことはない。一度もない。

「魔族の皆さん、セシリア様をどうかどうか怒らせないでください……。最悪、冗談抜きで世界滅ぶんで……」

そう祈ったことはあるけれど――。

第5話　聖女、ペットを手に入れる

最近、私の離宮はにぎやかだ。

正式に私の専属メイドになったノンナは、クールで無表情だけれど私のことがかなり好きらしく、

「他の魔族はまだ信用できませんから、この先どんな有能なメイドがやってきたって信用しないでくださいね。セシリア様のお世話はアタシが全部しますんで」

なんてツンと言いながらも、見えない尻尾がブンブン振れているのが見える気がするほど懐《なつ》いている。なかなか可愛いじゃあないの。

料理人のデイミアンは日々、

「これは魔王陛下が口にされた時、いつもよりほんのわずかに口角がキュッと上がった味付けのソテーです」

とか、

「普通、この肉は濃い味付けで食されるものですが、魔王陛下はあっさり召し上がるのがお好みのようです」

なんて、普通であれば料理の詳細を説明してくれるような場面でラフェオン様のリアクションを添えてくれる。有能だ。好感が持てるわ！

庭師の少年キャムは、

「魔王陛下はあまり花にご興味がないようで……お役に立てず、すみません……その代わり、魔王陛下の執務室から見える庭園の花を、一面セシリア様を彷彿《ほうふつ》とさせる銀や白、青い花で埋め尽くしておきました！」

なんてことを親指をぐっと立てながら目をキラキラさせて報告してきた。

うんうん、悪くないアイディアよ！　刷り込み効果というものは単純であればあるほど効果があるものよね！　ついでに私の離宮を囲む花は一面黒薔薇《くろばら》に植え替えられていた。なるほど、こちらはラフェオン様のお色という訳か。趣味がいいわ！

すっかり怪我が治り健康になった三人は、本当によく働いてくれている。

ノンナは私が何かを望む前に差し出してくるし、デイミアンは料理を作る時以外は護衛よろしく側に控えている。キャムはなくしていた右手が魔力の核だったらしく、魔力を取り戻すと変身魔法を使うようになり、鳥や小動物に変身してはラフェオン様の日常を報告してくれるようになった。有能だ。

私、有能な者はとっても好きよ。

一人でなんでもできるから、使用人は特に必要ないのだけれど、私の役に立ちたいと頑張っている姿はなかなか可愛い。それに快適であることは間違いないので、結果的には現状に大満足している。

そんなこんなで、一日最低一度はラフェオン様の元へ突撃しつつ、毎日楽しく暮らしていた。

今日も今日とてノンナの淹れた《最近ラフェオン様が好んで飲んでいるお茶（情提供元：キャムン）》と《先日ラフェオン様が二口も口にした焼き菓子（作成・情報提供元：デイミアン）》を前に優雅なティータイムを楽しんでいると、バチン！　と何かが弾《はじ》け飛ぶような大きな音が聞こえてきた。

これは――。

ふむ、とひとつ頷《うなず》いて、私は音のしたほう――人間界と魔界の境界近くに向かうことにした。

◆◇◆◇

「グ、グルルル……！」

——虎だ。白くて小さい虎。小虎が唸《うな》っている。

ついでにいうと、小虎の背中にはどうも羽が生えているように見えるわね。羽が生えた小虎がぺしゃりと地面に平伏していた。

動けないようで、ぶるぶると身体を震わせながらも、恨《うら》めしそうにこちらを見ている。その正体など考えるまでもなくて、思わず声をあげた。

「聖獣じゃあないの！　そういえばもうすぐ目覚めるって言っていたわね」

それにしても、なぜ聖獣がここに？

おまけに、本来聖獣は私が見上げるほど大きいはずなのに、今はまるで猫ほどのサイズの小虎になっている。どうしたどうした。

「セシリア様⁉　それ、聖獣なんですか⁉」

「まさか、我々魔族の天敵と言われるあの聖獣……？」

「その割には、僕でもやっつけられそうに小さいけど……」

ちゃっかりついてきたノンナ、デイミアン、キャムが口々に声を上げて首を傾《かし》げている。

「どうやら、私の張った結界に引っ掛かってしまったようね」

チラリと視線を上げると、何者も通さないはずの結界に突き破ったような穴が空いているのが見えた。

私はナイジェルやヘス、フォードをレクセル王国に転移させる際に結界を張ると告げたけれど、あれは嘘じゃない。

――ただ、厳密にいうとあの時言ったように「人間たちの大陸は魔族の脅威に晒されない」とともに、「人間たちも魔界にはそう簡単に踏み込めない」ような、人間も魔族もどちらも弾く特別仕様の結界だったのだ。

これからどういう展開になっても私が動きやすいようにと思ってそうした訳だけれど、ラフェオン様が平和主義ならますますこの判断は正しかったわよね。

魔族が人間界に行けないようにした影響で、ついでに魔界に住む魔物もこの結界を通ることができなくなっている。つまり、小さないざこざさえも起こりえない状況になったという訳だ。

そのはずなのに……。

さすが聖獣、通れちゃったのね～。とはいえこの私の力には及ばず、突き破って通るのが精一杯でこうして息も絶え絶えに転がっているというところかしら。

伝説の聖獣すら、目覚めたばかりで力が満ちている状態でも私の足元にも及ばないだなんて、強過ぎるって罪ね。うふふ！

「そうだわ！」

いいことをひらめいた！

私はすかさず聖獣に治癒魔法をかける。みるみる癒やされていく聖獣……けれど、あえて聖獣の枯渇《こかつ》した聖魔力の『器』を私の持つ聖魔力で満たし、聖獣が自分の意思で自由に体の大きさを変えられなくしてみた。

「ふう、これでよし。大きい聖獣ももふもふしていて可愛いと思うけれど、その分聖なる魔力が強くて魔族は多分びっくりしちゃうものね。小虎の姿で連れて行きましょう」

「セシリア様……？　その聖獣、どうするおつもりですか？」

怪訝《けげん》な顔のノンナに向かって、私は満面の笑みを向けた。

「もちろん、ペットにするのよ！」

私の結界に穴をあけるほどの力を持つんだもの。私の――そして、愛するラフェオン様のペットに相応《ふさわ》しいわ！　うふふふふ！

「シャーーーッ！」

不穏《ふおん》な考えが伝わったのか？　聖獣は抱き上げると私に向かって威嚇《いかく》した。

あらあら、仕方のない子ねえ。

「よーしよし、大丈夫でちゅよお。ほーら、あなたの大好きな聖女の聖魔力をたくさんあげまちゅからねえ〜〜」

「シャ、シャー……」

「よしよし、秘儀、聖女ナデナデ！」

具体的には聖魔力を纏わせた手のひらで優しーく撫《な》でてあげるのだ。

猫ちゃんって、優しく撫でられるとママ猫に舐《な》めてもらっているのと同じ感覚になるっていうものね。そこに聖魔力が加わるんだからきっと極上の気持ちよさでしょう。

あら、これは猫じゃなくて羽の生えた虎だった。まあ同じようなものでしょう。

「キュ、キュウウウ〜ン」

抵抗しようとしていた聖獣も、あっというまに陥落《かんらく》して甘えた声で頭を擦《す》り付けてくるようになった。偉大なる聖獣といえども、私の前ではちょろくて可愛くて子猫も同然ね！

なぜだか絶望顔のフォードが頭を抱えるイメージが浮かんできたけれど、とっても見慣れた光景だったので全然気になることもなくすぐに忘れた。

「さあ、ラフェオン様の元へ新しいペットを紹介しに行かなくちゃ！」

さっそくラフェオン様のところへ連れて行こうと思い、首根っこを掴んで持ち上げると、聖獣は弱々しくもうみゃうみゃ何やら言っている。何？

「うみゃ……みゃおん……」

「うーん、これはもしや、私の態度に戸惑っているのかしら？」

独り言のつもりで呟いたのだけど、視界の端にいたノンナが何度も力強く頷いた。戸惑っているのだと思う！　ということらしい。

聖獣って確か、聖女のことが好きなのよね？　『聖女を愛する聖獣』ってフレーズを何度かナイジェルから聞いた気がする。だけど、戸惑う聖獣を見ていると、別に聖女だからって無条件に愛《いと》しい気持ちが湧き上がるとか、そういうことはなさそうに思う。

首根っこを持ったまま、くるりとこちらに向けて、聖獣と目を合わせてみる。

ナイジェルの話しぶりからすると、こうして目でも合わせればまるで魅了されたかのように聖獣は聖魔力規格外の最強聖女である私にメロメロになるはず……。

じっと見つめ合って、そのうるうるの瞳の中に湧き上がる愛情があるかどうか探してみた。

うん。どう見ても『貴様、本当に聖女なのか……⁉』って疑っている目だわ。

「何これ可愛い」

ぶらぶらと無抵抗のままぶら下げられているのに、必死に反抗するような目が可愛い。

今までゆっくり動物を愛《め》でる機会があまり多くなかったから知らなかったけれど、どうやら私は動物が結構好きなのかもしれない。だってすごく可愛く見えるわ。

それに、本来なら魔族の天敵であり、この場所に聖獣がいることは魔族にとってこの世の終わり、絶望以外の何ものでもないはずなのに、こうして私に首根っこを掴まれてぷるぷる震えている姿は非常に庇護欲をそそるではないか。若干の悪戯心《いたずらごころ》もそそるけど。

「うみゃっ⁉　う、ううみゃあおおおん！」

聖獣は突然必死に喚《わめ》き始めるが、若干の怯えを隠せていない。そのせいでなんとも情けない鳴き方になっている。

ふむ。おそらくこの子の器を私の聖魔力で満たしたために、魔力を通して通じ合って、なんとなーく私の思いが伝わっているみたいだわ。

「ばかね、本当に悪戯する訳ないじゃない？　だってお前は私のペットなのよ？」

それが心配なんだと言わんばかりに目で訴えられたが、そんなこと言われてもという気持ちしか湧かないので気にしない。

それでも信用ならないのか、抗議の声を上げる聖獣にふと違和感を覚える。

「あら？　お前、よく見たら右の羽が少し剥《は》げているのではない？」

「キュッ……」

私の言葉に、なぜか息を詰まらせる聖獣。

ふうん、なるほど？　あまり指摘してほしくなさそうね？

ということは何、ひょっとしてこの羽の剥げている部分はこの子のコンプレックスだったりするのかしら？

よく考えると、結界で傷付いた身体を治癒してあげたのにこの部分が剥げたままになっているということは、おそらくこの子の羽は生まれつきこの状態だったということだろう。

私の聖魔法はなくした腕も目も元に戻すことができるけれど、もともとなかったものはそうはいかない。正確に言うと特別な魔石を核として使用すればできなくもないけれど、そんなものはここにはないので。

見ないでほしい！　と言わんばかりに羽を丸め、目を泳がせる聖獣。オドオドしていてはせっかくの可愛さが台無しじゃあないの。

それにこのようにいかにも自信がありません！　なんて様子では、ラフェオン様に気に入ってもらえないかもしれない。

そう思った私は一度部屋に戻り、羽を飾り付けてやることにした。

「ふふふ、剥げているのが気になるなら、剥げていてよかったと思うほどそこを美しく飾ってあげるわね！」

「キュキュウ……？」

それにしても、みゃあみゃあと猫のように鳴いたと思ったら、キュウンキュウンと子犬かのようにも鳴くなんて、なんとも器用な声帯だこと。もっと他の声も出せるのかしら？　そのうち試してみたいわね。

さて、どうやって飾り付けるかだけれど、今の状態でも羽を使って飛べるということは、バランス的にはそう悪くないはずなのよね。生まれてずっとこの状態だったからすっかり慣れているのか、筋肉がそういうふうに発達しているのだろう。

どちらにせよ、あまりに重さが変われば飛べなくなってしまう危険性もある。

「ということは、宝石で飾るのは却下ね。そもそもいかにもお金をかけたという煌《きら》びやかさは聖女のペットとして相応しくないもの。ここは可愛さアピールで花にしましょう」

キャムを呼び、イメージする花を調達するようにお願いする。

それをこうして……時間を止める魔法で枯れないようにして……こうして……華《はな》やかさもプラスして……あら、なかなかいい出来ではないの。

「私ったら、センスまでよくて困るわね！」

自画自賛していると、ノンナもキャムもデイミアンも聖獣を囲んで囃《はや》し立てる。

「まあ！　聖獣をこんなふうに可愛らしくするなんて、さすがセシリア様です！」

「セシリア様に言われた通りに集めた花がとっても似合っていますね！　さすがセシリア様！」

「なんとも神々《こうごう》しい！　すべて揃った羽もいいんでしょうが、こうして不揃いだからこそ引き立つ美！　こんなこと、セシリア様にしかできませんね！」

目をキラキラさせる三人に、最初は驚き戸惑っていた聖獣も徐々ににんまりとしたにやけ顔に変わっていく。

それにしてもこの使用人たちは聖獣を褒めているのか私を褒めているのか分からないけれど、まあいいでしょう。

なぜなら、さっきまでオドオドと落ち込んでいた聖獣が、たちまち自信を付けてドヤ顔をし始めたのだから。

「これで私やラフェオン様に相応しくなったわね！」

それではさっそくお披露目よ！

◆◇◆◇

「ラフェオン様！　おはようございます好き！」

「お前か」

どこか呆れたような視線をこちらに向けたラフェオン様は、目が合った途端に少しだけ目を丸くして固まった。

あら！　そんなお顔もとっても素敵だわ！

どんな時でも、どんな表情でも素敵だなんて、ラフェオン様ってば存在が罪深過ぎる。

そんなふうにうっとりしていたら、ラフェオン様は戸惑いを隠しもせずに私――の腕に抱かれた聖獣を指さした。

「お前、それ、まさか」

「お気付きになりましたか！　そう、聖獣です！」

「嘘だろ……」

ラフェオン様はよほど驚いたのか、口をポカンと開けて目を見開いた。

ああ！　そうよね、一応聖獣は魔族の天敵として知られているんだもの。突然目の前に現れては、いかに小虎の姿だとしても驚くのは当然だった。

いけない、いけない。きちんと説明しなければ。

「大丈夫です、私の聖魔力で抑えているので、自由に大きくはなれませんし、魔族への脅威にもなりません。というかさせません。ということでペットにしましょう！」

「待て待て待て！」

あら？　ラフェオン様、あまり嬉しそうではないわね……。

「ペットにするのは気に入りませんか？」

「いや、気に入るも何もまさか本気で聖獣をペットにしようとするとは思わんだろうが！」

ふむ。つまり、ラフェオン様は動物があまりお好きではないということよね。

私はしょんぼりしながら抱いていた聖獣をそっと下に降ろす。

「ラフェオン様がいらないって。お行き」

「みゃっっ⁉」

聖獣は信じられないものでも見たような目で振り返った。あら、そんな顔もなかなか可愛いじゃない。

だけど、ラフェオン様がいらないならペットにはできない。何においても第一優先はラフェオン様なのだから。

しかし、諦めることができないのか、聖獣はゴロンとお腹を見せてウルウルの上目遣いをこちらに向けたり、縋《すが》りつくように私に前足をかけてキュウキュウと鳴いてアピールしてくる。

「ごめんなさいね、ダメなものはダメ」

「キャウウウウン⁉」

絶望顔の聖獣に言い聞かせていると、特大のため息が聞こえてきた。

「ハァ……」

あら！　ラフェオン様お疲れですか!?　セシリア特製聖女マッサージなんていかがかしら。

具体的にいうと手のひらに聖魔力を薄く纏わせ、触れる箇所をじんわりと温めながら指圧していくもので、絶対に満足してもらえる自信がある施術なんだけれど……。

しかし、マッサージの提案をする前に、ラフェオン様は意外な言葉を口にした。

「……飼ってやれ」

「え？　聖獣をですか？　でも」

聖獣はお気に召さなかったのでは……。

「ああ、もう！　飼ってやれ！　とても可愛い！　気に入った！」

「まあ！」

「みゃおおおん！」

どこか投げやりのようなラフェオン様の言葉に、聖獣は大喜びでラフェオン様に飛びついて、甘えたように美麗なお顔をぺろぺろ、ぺろぺろと……。

えっ……。嘘でしょう……私なんて、まだ手も握ったことないのに……顔を……舐める……？

「やっぱりボロボロにして人間界に送り返そうかしら……」

「キュッ⁉」

本気で追い出そうか迷ったけれど、ラフェオン様に止められたのでやめました。

ふん！　ラフェオン様に庇われるなんて、この獣、本当にいいご身分だこと！

ちょっとイラッとするけれど、ラフェオン様が気に入ったというならば可愛がるしかないわよね。

「そうね、今日からお前は私とラフェオン様の愛の結晶という名のペットよ」

「おい、何が愛の結晶だ」

あら、ラフェオン様、照れているのかしら？　そんなところも可愛い！

だけど、それを指摘するとますます恥ずかしい思いをさせてしまうかもしれない。それは本意ではないので、ひとまずスルーで、この聖獣のことを先にすませましょう。

「ペットならば、名前を付けなくては！　ううーん、そうね……ラフェオン様、何か付けたい名前はありますか？」

「ハア……お前が拾ってきたのだ、お前が名前を付けるのが一番だろう」

命名権を譲ってくれるなんて、なんてお優しいの！

「それでは……お前は今日からルルよ！　聖獣ルル、私とラフェオン様の愛の鎹《かすがい》として励むように」

「う、うみゃあん！」

私の言葉に決意を秘めた目でひと鳴きしたルル。それを見て、ラフェオン様は呆れたようにため息をついていた。

「お前は一体何を言っているんだ……」

第６話　魔王、困惑する

「なんなんだ、あのぶっとび聖女は」

魔王ラフェオンは、執務室で頭を抱えていた。

ぶっとび聖女。我ながら言いえて妙である。あんな聖女が存在するなんて。

いや、聖女という枠《わく》に留《とど》まらず、人間全体でもあのような存在はいないに違いない。


ラフェオンは魔王という立場ながら争いを好まない。人間ともどうにか上手《うま》くやっていけたらと考えている、魔族の中でも稀有《けう》な存在だった。

だからこそ、魔王位についてからは魔族たちに人間への手出しをきつく禁じた。

しかし魔族らしく過激な思想を持つ者たちはラフェオンに反発し、これ見よがしに人間を害することも少なくはなかった。

それでもなんとか歩み寄る道を模索していたというのに――。

人間たちが自分を討伐するために魔王城を目指していることを知った時、湧き上がったのは憂《うれ》いの気持ちだ。

魔族が魔族である限り、魔王が魔王である限り、人間とは平和的な関係を築くのは難しいのだろうか。

（せめて、死ぬ前に諦めて帰ってくれれば……）

魔王討伐の途中で全滅などということになれば、ますます魔族や魔王への恐怖心や憎悪《ぞうお》、嫌悪が増してしまうだろう。それはラフェオンが最も避けたいことだった。

しかし、予想外のことが起こる。決して辿り着けるはずもないと思っていた人間たちが自分の前に現れたのだ。

それだけではない。

辿り着けてしまったのならば仕方ないので、驚かせて戦意喪失させ、どさくさに紛《まぎ》れて人間界に飛ばそう。死なないように。

そう思い、幻影で世にも恐ろしい姿を見せていたところ――なぜか人間たちが突然吹っ飛んだ。

（……は？）

地に伏せた人間たちはどう見ても満身創痍。ラフェオンは困惑した。当然である。自分は彼らに一切手を出していないのだから。

「くそっ……魔王、これほどの力とは……！」

「一瞬で僕ら全員を……なんて恐ろしく悍《おぞ》ましい存在なんだ……」

「…………」

おまけに人間たちはラフェオンをなんかめちゃくちゃ畏怖《いふ》の目で見ている。ラフェオンは一切何もしてないのに。

さらに。

「どうか、私のことは忘れて……皆さんは私の分まで生きてください……！」

……なんか始まった。

どういうことだ？　と呆然としている間に、ボロボロに傷ついた三人の男が消えた。

そして、さっきまで涙を流し、悲劇を体現していた清廉《せいれん》な聖女が、けろりとした顔で振り向き満面の笑みを向けてきたのだ。

「私、あなた様がどタイプなので、帰るのやめました」

魔王が戸惑うのも無理もない話だった。

――一体、こいつはなんなんだ⁉

◆◇◆◇

執務室の窓の外に視線を向ける。

今そこには聖獣がいる。最近聖女セシリアのペットになった聖獣――ルルだ。

聖獣ルルは、窓の外をふわふわと浮遊しながら、器用に右の翼を広げてラフェオンに見せつけてくる。ドヤ顔で。自慢げに。

そこにはセシリアの瞳と同じ輝くような青と、セシリアの髪と同じ透き通るような白銀が飾り付けられている。

大層気に入っているようで何よりだ。

宝石にも見えるそれはどうやら花らしい。セシリアがペットを飼うことの有意義さをプレゼンする時にそう説明していた。

(何をどうすればただの花があれほど輝く飾りになるのだか……)

ちなみに、聖獣の可愛さをアピールしているのかと思ったが、ラフェオンがなんとなく察したセシリアの感情としては、『いいペット捕まえたでしょ？　褒めて！』といったところのようだった。子どもか。


――はじめ、魔王はセシリアのことを非常に警戒していた。

何を企んでいるのか、どうするつもりなのか。まったく分からなかったからだ。

何より、セシリアは聖女。それも、おそらくとんでもなく強い力を持った聖女だ。これほど強大な力を持った聖女はこれまでの伝承でも聞いたことがない。

自分への求愛を繰り返しているが、それは罠で、少しでも油断したら命を刈り取られるかもしれない。

平和主義ではあるものの、ラフェオンは魔界で一番の力を持つ魔王なのだ。その魔王たる自分が殺されてしまえば、魔族は、魔界は、終焉《しゅうえん》の時を迎えるに違いない。人間との和平より先に、魔族すべてが滅《ほろ》ぼされてしまうかもしれない。

そう思い、あえて魔王城の隣に住み着くことを許した。……気付いたら離宮が建っていて度肝を抜かれたが。

そうしてセシリアを警戒していた訳だが、しかし今のところそれは杞憂《きゆう》に終わっている。

窓の外から騒ぎ声が聞こえてくる。

「セシリア様～～～！　今日こそこのイルキズめを踏んでください～～～！　何とぞ、何とぞ～～～！」

「はあ、私が追いかけられたいのはラフェオン様だけですわ！　この変態め！」

「はううっ、言葉の暴力も、イイッ……」

「うわあ気持ち悪い！　どうしてこんなおかしな進化の仕方をしちゃったのかしら」

過激派筆頭だったはずのイルキズはすっかり変わった。よく分からない方向に。

イルキズは強い。魔族の中でイルキズの力に敵《かな》う者など、それこそラフェオンくらいだろう。

しかし、ラフェオンは平和主義であり、イルキズを言葉で説得することを望んでいた。何より、実の弟である。どうしようもない場合はボロボロにして屈服させるしかないとは思っていたが、取り返しがつかなくなるまではその手段を取りたくないとも思っていた。

それがイルキズをつけあがらせていた訳だが。

……誰にも暴力で抑えつけられたことのなかったイルキズは、セシリアによって初めて味わった力による敗北で、おかしな扉を開いてしまったらしい。

ふと、視界の端に小鳥が入り込む。

小鳥は目をかっぴらいてこちらを凝視《ぎょうし》している。ラフェオンの一挙手一投足を一瞬一秒たりとも見逃してなるものかという強い意志を感じる。

その正体がキャムという、セシリアを慕う少年庭師であることはラフェオンも承知の上だ。

ロッドがそう報告していたので。

「はあ……」

ラフェオンは思わずため息をついた。

キャムに限らず、最近はストーキングされることが増えた。食事や執務の休憩時間にも視線を感じる。

どうやら、セシリアの信者である、魔族でいうところの『元弱者』の使用人たちが、こぞって手柄（※ラフェオンの好みや日々の行動をセシリアに告げ口すること）をあげることに躍起《やっき》になっているらしい。

ストーキングに気付いていながらそれをとがめていないのは、ひとえにその行動に悪意や敵意を感じないからだ。

もしも彼らにラフェオンを害そうとする意志があったならば、ラフェオンは彼らの目に認識されないように幻影を使い、姿を隠していただろう。幻影魔法で視界を惑わすのはラフェオンの得意分野だった。

（だからこそセシリアに幻影を見破られたのは衝撃的だったんだがな……）

セシリアが他の人間たちとともに魔王城に現れた時のことを思い出し、思わずため息が出る。

幻影を破られたのは初めてだった。ましてやそれが人間などと、ラフェオンにとってはまさに青天の霹靂《へきれき》。

どう見ても儚くか弱そうな見た目であるにもかかわらず、漂《ただよ》う隠しきれない強者のオーラ。髪の先まで漲《みなぎ》る膨大な聖魔力。怯えどころか、一切の緊張すら感じていない態度。その実力が途方もないものであることは明らかだった。

そんなセシリアを警戒して、その行動とセシリアと関わる者たちの様子を注視しているが、今のところ不穏なものは一切感じない。せいぜい異常行動がちょっと見ていられないな……と思う時があるくらいである。

警戒が杞憂に終わるどころか、むしろ諦めを抱えていた者たちが活気付き、ラフェオンに強い敵対心を抱いていたイルキズはすっかりこちらに興味をなくしている。それにともない、ほかの者たちの雰囲気も日々よくなっているのを感じていた。

――ラフェオンがずっと変えたいと思っていて、それでも変えるのが難しかった魔族たちが、セシリアによって徐々に、徐々に変化していっている。果たしてそれを手放しに喜んでいいものかどうか。

戸惑いを抱えながら思案にくれているラフェオンの側で、すすり泣く声が聞こえた。

「うっ……セシリア様は、本当に救世主です……！　ラフェオン様、どうかあのお方をお離しなさいませんよう……！」

最近なぜか涙もろくなったロッドが切に訴えてくることにも、魔王は困惑していた。

（離さないようにと言われても……なぜ好かれているのかもよく分からないのだが）

分からなければ、対処のしようもない。今のところなんの問題もないとはいえ、セシリアの影響力はいうまでもなく強い。

もしもセシリアがやはり魔界の驚異になった場合のことを考えると、対処の仕方を知らないというのは、魔界の王たるラフェオンにとって看過《かんか》できるものではなかった。

（もう少し、観察するか……）

せめて弱点のひとつでも把握することができれば安心感が違う。

そう考えたラフェオンは、今まで以上に注意深くセシリアのことを注視してみることにした。

……しかし、見れば見るほどセシリアの魔族に対する態度や振る舞いは、ラフェオンを拍子抜けさせるものだったのだ。

なんと言ってもセシリアの行動理由は一にラフェオン、二にラフェオン、三も四も五も何もかもラフェオン。ラフェオンラフェオンラフェオン……鬱陶《うっとう》しいほどにラフェオンのことばかり考えて行動し、隙あらばラフェオンのことを口にするばかりなのである。

魔族たちへの態度や言動がわりと粗雑であることは間違いないが、それでも裏表のないその振る舞いに魔族たちが心惹《こころひ》かれていることも分かる。

住々にして、魔族とは脳筋気味な種族であり、圧倒的強者にはそれだけで魅力を感じるものだ。

さらにセシリアは計り知れない実力を持っているにも関わらず、自分の私利私欲——つまり、ラフェオンに媚《こび》を売ることやその外堀を埋めようとすることにしかその力を使わない。

「魔界征服とか興味なさそうだしな、無暗に魔族を害することはなさそうだよな」という謎の信頼感さえある。

——図らずも、ラフェオンが平和主義であり、そのラフェオンにセシリアがぞっこんになっていることで、魔界の平和がこれまでになく保証されている状況となっているとは、さすがに魔族たちもそこまで認識してはいないが。

そんなことを考えつつも、魔王はまだ自分でもセシリアへの『敵対するかもしれない者』として警戒する心が薄れていることには気が付いていていていなかった。

フォードが魔王の心の内を覗《のぞ》き見ることができたならば、こう絶叫したことだろう。

(あんた、魔王のくせに、観察していくうちにあのとんでも聖女に無意識に絆《ほだ》されてきてませんか～～!?)

……と。

第７話　（人間界）聖女セシリア奪還作戦②

その頃、人間界。

王城の執務室には重苦しい空気が漂っていた。

絶望は何色ですか？　今見えているのがそうですか？？？

第一王子ナイジェルは重い口を開く。

「聖獣の気配が消えたそうだ」

そう、セシリアを救い出すべく、永い眠りから目覚めてすぐに魔界のある方角へと向かっていった聖獣の気配が跡形もなく消え去ってしまった。

それはもう、忽然《こつぜん》と消えてしまったのだ。

聖獣の眠りを管理して月の巡りを数える呪《まじな》い師は、聖獣の力を他の人間よりも強く感じ取ることができる。その呪い師も同じように気配を感じないと言っているので、これは間違いのないことだろう。

気配が消えたということは……聖獣の身に何かが起こったということにほかならない。

「くそっ、まさか、聖獣の力が及ばなかったというのか……⁉」

本当は、力が及ぶ及ばない以前に、セシリアの張った結界のせいで死にかけにまで陥《おちい》ってしまった訳だが、悔しそうに拳を執務机に叩きつけるナイジェルにはそんなことは分からない。

「どうしよう……魔族の天敵である聖獣さえもすぐにやられてしまったなんて、どうすればセシリアを取り戻せるんだ……」

実際のところ、聖獣は無事も無事。戦うことすらなく、セシリアに飾ってもらった自慢の羽を魔族の頂点たる魔王に見せつけながら、今までにないほど生き生きとしている訳だが、そんなことを知る由《よし》もない魔法使いヘスは今にも泣きだしそうに俯《うつむ》く。

フォードは内心で苦笑した。

（いや、絶対大丈夫だと思うな～～～。セシリア様、自覚ないみたいだったけど意外と動物お好きだし。恐れるべきなのは聖獣が死んだかどうかではなくて、セシリア様に手懐《てなづ》けられた聖獣が魔族側に取り込まれることのような気がするんだよな……）

フォードは古い記憶を思い浮かべる。

いつだったか、セシリアが王国内で傷ついた小さな魔獣を見つけたことがあった。

普通なら、すぐに討伐するべきだ。どれほど小さくとも、どれほど力がなさそうに見えようとも、それが魔獣、魔物であることには変わりないのだから。

しかし、セシリアが当然そうするのだろうと思っていたフォードは度肝を抜かれることになる。

「あら、とんでもなく弱そうで情けなくて可愛いわね」

「!?」

セシリアは傷付いた子犬のようにも見える魔獣を前になんでもないことのようにそう言うと、おもむろに抱き上げ、しれっと連れ帰ったのである。

――セシリア様が小さき命に興味を示すなんて！　なんの感情もなくプチっと討伐しそうなのに！

そう衝撃を受けたのも無理はない。

確かあの時は――

（そうだ、魔獣の存在は、その魔力を感じ取ることで気付くことができ、探知などはそうやって行う。だからセシリア様は自分の自慢の結界の中に包み込むように魔獣を入れて魔力が漏れない状態にして、しばらく飼ってたんだよな……）

結界で守られたものの魔力は外に漏れないため、いかに魔力探知に長《た》けている者が近くにいても魔獣の存在がバレることはない。

もちろん、普通の結界ではそうもいかないが、歴代最強の力を持つセシリアは、結界さえも規格外だった。

（……あ～～～ますます嫌な予感するなあ～～～～！）

フォードの頭の中で、セシリアが聖獣を結界に閉じ込めて捕獲し、動きを封じて笑っている妄想が繰り広げられていく。

そして、セシリアを知り尽くすフォードには、それがありえないことだとはどうしても思えなかったのだ。

ちなみにフォードは動揺のあまり、その結界をセシリアが魔界全体を包むように張ったことには思い至らない。

セシリアはそう宣言もしていたし、人間界が守られていることは認識しているが、反対もそうであるだろうなどという可能性は、すっかり抜け落ちている。

なぜなら、そんなことは普通の人間にはとてもじゃないができる訳がないからだ。

セシリアが規格外過ぎて、誰よりも彼女をよく知るはずのフォードですら訳分からんことになっている。

（もし俺の想像が当たっていたら、聖獣は無事だが、事態は思ったよりも深刻だぞ……！）

ここまできてもナイジェルとヘスに『セシリアを諦める』という選択肢がないこともまた、

フォードにはよく分かっているのだから。

（セシリア様……あなたは確かにすごい人だし、何もかもを思い通りにしてきた人だ。ただ、この二人のあなたに対する想いの大きさだけは見誤っているとしか言いようがない……！）

きっとセシリアは、人類にしばらくの脅威がなく、人間界を守る結界も誰にも解けないとなれば、誰もがセシリアのことは諦め、セシリアの犠牲に涙を流しつつも、彼女がもたらした平和に感謝しておとなしくしていると思っていたに違いない。

実際、セシリア抜きでは魔王どころか中堅どころの魔族にだって到底かなわないのだから、合理的なセシリアがそう考えるのも無理はないことだった。

ただ……ただ、恋とは、愛とは理屈ではないのだ。

人を愛する気持ちがあるのかないのか分からないセシリアは知るべくもないだろうが、セシリアは、彼女自身が思うよりもずっと、愛されているのである。


「ああ、セシリア……」

セシリアを愛する者筆頭であるナイジェルが魔法石に頬ずりをしながら泣いている。

（ああ～～あれはナイジェル殿下が『セシリアの命の輝き』とかいうなんかとんでもない名前を付けて可愛がっている魔法石だ。というか、石を可愛がるってなんだ。ペットかよ。確か『彼女に何かあれば彼女の魔力を映したこの魔法石が輝きを失うんだ！』とか言ってたっけ。ははは、輝きを失うどころか眩《まぶ》しいくらいきらっきらしてんな）

実はこの魔法石はとても貴重な国宝なのだが、フォードは気付いていなかった。

セシリアが絡むとナイジェルの様子がちょっとおかしくなることは知っていたものの、まさか国宝をセシリアのために気軽に使うとはさすがに思っていなかったのだ。

「殿下、南の辺境の土地に雨が降らず、作物などが干上がりかけているらしいから、セシリアの魔道具を使って、ひと雨振らせてくる」

ナイジェルの奇行を意にも介さずそう告げたヘスの手にはブローチを大きくしたようなものが握られている。彼が『セシリアの魔道具』と表した通り、セシリアが作り、残したものだ。

「相変わらず、セシリアが作ったものはすべて規格外で美しいな」

「そうですね」

ヘスが出て行ったあと、そう呟いたナイジェルの言葉に、フォードも素直に同意した。

セシリアは規格外である本当の力をわざと隠していた訳だが、そもそもの力が桁違い過ぎて、隠していたってやっぱり規格外だった。それを証明するような小さな小さな魔道具。

そもそも魔道具とは、そこに込める魔法の強力さやその魔法を発動するために必要な魔力の量が大きくなればなるほど、それに比例して魔道具自体も大きくなるのが普通なのだ。それをできる限り小さくするには魔法を圧縮するしかないが、少しならばまだしも、大幅な圧縮などできるものではない。

雨を降らす魔道具など本来ならば実現不可能、たとえ作れたとしても一国の城ほどの大きさになってもおかしくはない代物《しろもの》だ。

それなのに、実際にセシリアが作り上げたのは拳大《こぶしだい》のブローチふう魔道具だった訳だから、その力の非常識さは推して知るべし。

それを初めて目にした時には、さすがのフォードも眩暈《めまい》を覚えた。

セシリアは「どうせなら綺麗《きれい》なほうがいいでしょう？　ブローチって可愛くて好きなのよ。本物のブローチサイズにしようかとも思ったんだけれど、実際に私の持ってるブローチと混ざっちゃうと面倒くさいなと思って」なんて言っていた。

ってことはブローチサイズも作れるのかよ……あとブローチと混ざるって、とんでもない魔道具作っといて頓着《とんちゃく》なさ過ぎじゃないか……とは、口に出しては言えなかったフォードだった。

フォードはそんなセシリアとのやり取りを思い返しながら、こっそりため息を吐く。

――いや、そもそも雨を降らすってなんだ。改めて考えるとありえな過ぎて怖い。

風を起こす、水を生み出す、なんてことはできても、天候を操作するなど人間のなせる業《わざ》ではない。世の理《ことわり》を無視している。

セシリアは「昔々、異世界からやってきた乙女の書き記した書物に雨が降る原理が書いてあったのよ。その原理の通りのことをひとつひとつ魔法で起こせば雨も降るって訳」とかなんとか、フォードの頭が痛くなりそうな内容をすらすら言っていた。

セシリアがなんでもないことのように説明してくるし、あまりに理路整然としているので、「へえ」と間の抜けた返事しかできなかったことも思い出してきた。

（へえってなんだ。へえで片付けられる範囲を超えている。異世界の乙女はすごいし、異世界の知識では常識なのだとしても、やっぱりおかしいだろうが。そもそも異世界の乙女が異世界の言語で書いた書物を読めるようになるのがまずおかしいだろうがあああ！）

内心で乱心せずにはいられない。

セシリアのことを思い出すと、いつも情緒をかき乱される。

当然、ナイジェルやヘスのそれとは、かき乱され方はまったく違うが。

（うっ、思い出したくないつらい記憶がよみがえってきた……！）

人間に影響する系のものを試されるのはいつだってフォードだった。痛い思いも怖い思いもした。ただし、ときどき古傷が痛むかのようにその時のことを思い出し、転げまわりたくなるのは、痛みでも恐怖でもなく恥ずかしさである。

痛みや恐怖は思い出すことがあったとしても、受けた当時の強烈さは薄れている。しかし恥ずかしさはそうではない。思い出すたび、強烈な羞恥心が湧き上がる。思い出す時の精神状態によっては、下手すると当時より恥ずかしく感じ、死にたくなることもあるほど……。

（ぐぅ、セシリア様めっ！　せめてその時の記憶だけでも消してほしいって何度もお願いしたのに！　そんなのできる訳ないでしょ、なんて言って鼻で笑われたけど、あの人なら絶対にできたはずだっ！）

意外にもセシリアは思い出を大切にするタイプだった。その人の存在を世界に肯定するのは他者の中の記憶だと言っていた。

「だから私のことは、余すことなくすべて忘れてはダメよ」

フォードに向かってそう言って、うっそり笑ったセシリアの表情が浮かんでくる。

あの時セシリアはどう見ても面白がっていたし、なんならフォードを辱《はずかし》めることを楽しんでいた。絶対にそうだった。

しかし、それでもその悪戯っぽい笑顔があまりに綺麗で、フォードはついつい見とれてしまったのだった。

自分の本性を知るフォードの前で、セシリアは面倒がって嘘をつかなかった。本音しか話さないセシリアが、フォードに自分のことをすべて覚えておけと言う。そういう人だから、どれだけ振り回されても、セシリアのことを嫌いになどなれないのだ。

あの猫かぶりの聖女が側にいなくなってしばらく経《た》っているというのに、こうしてフォードは今でも毎日、セシリアに振り回されていた。

第8話　聖女、うきうきわくわく魔王様とデート

「あなたはだんだん、私のことが好きにな～る～～」

私はラフェオン様の目の前で金貨を紐《ひも》にくくりつけて揺らしながら、全力でお呪《まじな》いをかけていく。

こういうのを『催眠術』というらしい。

昔々、異世界からやってきた乙女が書き記した書物に書いてあったのよね。

その書物は特別な文字で書かれていて、中身を知る者はこの私ただ一人だけ。

だって、聖魔力を目に集めて、文字の温度と魔力を照らし合わせる地道な作業で解読したのだもの。他の誰にもこんな芸当はできやしない。

異世界の知識はどれも興味深く、今までにもたくさん活用させてもらったものだ。

書物にかかれているお呪いや催眠術を何も知らないフォードを使って検証したことは昨日のように思い出せるわね。

「私のことが、好きで好きでたまらなくな～る～～」

ラフェオン様がこの金貨から目をそらせなくなるように、うっかり他の者を視界に入れて、

催眠術の効果の矛先が私以外になるなんて事故が起こらないように、どんどん顔を近付けて、呪文を唱え続ける。

今までの私が今の私を見れば、鼻で笑うかもしれない。しかし、恋や愛とは理屈ではないので仕方がない。

「……お前は一体何をしているんだ」

「そろそろ私のことを少しくらい好きになってもらえないかなと思いまして！　ラフェオン様好き！」

「何をしているのかは分からないが、そのような意味の分からない行動で人の心を操れると本気で思っているのか？」

「子どもだましに感じますか？　けれど大丈夫です！　とびきりの聖魔力を込めてやっているので、上手くいけば完全に洗脳できますものラフェオン様好き！」

ほらほら、だってそうでしょう？　ラフェオン様、なんだかんだいいながら頬を少し染めていらっしゃるもの！　これは私の催眠術＝聖魔力を使った力技の洗脳の効果が出ているということに違いない。

あと少しだわ！　これでラフェオン様のすべては私のもの！

そう思ってウキウキとさらに顔を近付けたのだけれど……。

「どこに聖魔力を使っているんだお前は！　おまけに洗脳と言ったな⁉　聖女にあるまじき行動はやめろ！」

「そんな！」

ああっ！　私の金貨が没収されてしまった！

このっ、金貨め！　ラフェオン様に握ってもらえるなんてずるい！　私なんてまだ手も握ってもらっていないのに……。

「うう、ひどい……私の乙女心を踏みにじられましたわ……でもやっぱりラフェオン様好き……」

「変態聖女め。大体、洗脳などで心を動かすことができたとしてお前はそれでいいのか？」

ラフェオン様って、意外と常識人よね。人間よりもよほど優しいのではないかしら。

つまり、洗脳で好きになってもらったところでそれは本当の気持ちではないのではないか？　それでもいいのか？　と聞きたいのだろう。

その心は……私を心配してくださっている！

「もちろん、それでいいです！　まずは身体と心を抗《あらが》えない状態にして、じわじわと本物の愛を育めばいいのですわ！　大丈夫、私を好きになれば絶対に幸せにします。それとも、心からでは不安ですか？　でしたら私は身体から頂戴いたしてもよろしいのですけれど」

「この性悪下衆聖女が」

吐き捨てるようなラフェオン様の言葉。その蔑《さげす》むような視線にドキドキしてしまう。

もちろん、私はおかしな性癖を持つ王弟イルキズとは違うから、そういう意味のドキドキではない。

だって、こんなに気やすい態度をとってくださるなんて！　これは少なからず私に心を許しているということにほかならない。

これは、10％くらいはもう私のことが好きだと思っても差し支えはないわよね。

ということはつまり……次の一手を繰り出す好機！

そう思い、畳みかける！

「ラフェオン様、私のことを好きになってください！」

「人の気持ちは懇願で変わるものではないだろうが！　何度も言わせるな！」

「かくなる上は強硬手段……」

やっぱり身体から！　と思ったものの、シャツの裾に伸ばした手をぱしりと弾かれてしまった。

「やめろ！」

「うう……こんなに、こんなに好きなのに……」

ならばと情に訴えかけるべく、涙を呼び起こす！

半泣きの私を見て、ラフェオン様がほんの少したじろいだのが分かった。

「お、おい。何も泣くことはないだろうが……」

今よ！

「う、うう……じゃあじゃあ、せめて私とデートをしてくださいまし！」

「で、でーと、だと……!?」

仰《の》け反《ぞ》るラフェオン様に、ロッドがささっと近寄り、お召し物を目にも見えない速さで着替えさせていく。

魔法かしら？　ううーん、着替えているわりに肌色が全然見えないわね……私としてはちょっとしたお色気も受け入れる準備は整っているのだけれど……。

ともかく、私が事前に味方に引き入れていたロッドの迅速な対応により、あっという間に今すぐデートにいける状態ができあがった。

行ってらっしゃいませ！　とにこやかに手を振るロッド。いい臣下ね！　そして有能だわ。

ラフェオン様の側につくことを許されているだけある。

「待て！　俺は行くとは言って……！」

ふふふふ！　逃がしませんわよ、ラフェオン様！

狼狽《うろた》えるラフェオン様を勢いに任せて馬車に押し込み、出発させたのだった。

有能なロッドの手配した馬車が到着したのはなんとも可愛らしいカフェだった。

ラフェオン様はこのようなカフェにあまり馴染《なじ》みがないのか、戸惑っているように見えたため、私が二人分のケーキと飲み物を注文する。

すぐにやってきた苺のショートケーキを一口フォークに取り、そっと差し出した。

「はいラフェオン様、あーん！」

「……お前は何をしているんだ」

「食事をする際に相手の口元に食べ物を持っていき、食べさせてあげる甘い恋愛行動、もしくは愛ゆえに『食べる』という相手の生命活動を自らの手で遂行させたいという甘い欲求による奉仕行為ですわ！　食べることは生きることですもの」

「あーんの説明を求めているんじゃない！　おまけに説明の癖《くせ》が強い！」

結局、「やめんか！」と窘《たしな》められて「あーん」を遂行することは叶《かな》わなかった。

ああ、つれないラフェオン様！

20％くらい私のことを好きになったらさせてくれるかしら？

けれど、まずはこうしてデートに来てくださっただけでもよしとしなければ。

隣に寄り添って歩くのを許されたということは、きっと私のことを憎からず思っているはずよね！

「ろくでもないことを考えていそうだな……」

「ラフェオン様のことを考えています好き！」

呆れたようにため息をついたラフェオン様は紅茶に手を伸ばし一口飲むと、ほっと息を吐いた。

「……美味《うま》いな」

わずかに頬を緩め、目を細めたラフェオン様。その顔ににんまりする。

そうでしょう、そうでしょう！　私、ラフェオン様の好みなら知り尽くしていますからね！

ラフェオン様への愛に抜かりはない。

メニューの中でも一番気に入りそうなものを選んで注文したのだから、これはもはや私がラフェオン様の舌を唸《うな》らせたと言っても過言ではないわね。「あーん」に応じてもらえなかったことは残念だけど、ラフェオン様のこのお顔が見られただけでも本当に嬉しい。

いい気分のままケーキを一口食べてみる。

「んんっ！　ケーキもとっても美味しいですわね……」

もっとも、ラフェオン様と一緒にいるということでおそらくその美味しさは何倍にも増しているはずだけれど。

愛する人と美味しいケーキを食べる幸せ……こんなにも美味しいケーキは初めてだわ。

さらに美味しくなるように、ケーキのお供にラフェオン様を！　と思いケーキに向けていた視線を上げると、ラフェオン様と目が合った。

「ラフェオン様？」

ハッ！　もしや、やっぱり私からのあーんを受け入れてくれる気になってきたのでは⁉

そんな期待にわくわくしていると、私を見つめるラフェオン様がふっと口の端を上げるようにして微笑んだ。

「お前はケーキを食べるだけでそんなにも幸せそうな顔をするのか」

なんですか、そのとんでもなく色っぽくて優しくて甘いお顔は……⁉

「ラ、ラフェオン様と一緒だからより美味しく感じて幸せなんですわ！」

見たことのない表情に恥ずかしさを感じながらもさっきから感じていたことを素直に口にすると、ラフェオン様はハッとしたような顔をして私から目をそらす。

「ラフェオン様も早くケーキを食べてみてください！　きっと私と一緒にいることで、とんでもなく美味しく感じるはずです！　ラフェオン様好き！」

「……調子に乗るな」

なぜか口元を手で覆ったラフェオン様はそう言っていつものように嫌そうにしていたけれど、幸せ過ぎてまったく気にならなかった。

「それで、次はどうするんだ？」

意外なことに、カフェを出てすぐにラフェオン様は腕を差し出しながらそう尋ねてくれた。

これは……エスコートだわ！

うっかり気が変わってしまわないうちにサッ！　とその腕に手を添え、ぴったりと身体をくっつける。

「近い！」

「いいえ、気のせいですわ！　きっと私が側にいることをラフェオン様の本能が意識して身体的距離が近いように感じているだけです！」

ラフェオン様は苦虫を噛《か》み潰したような顔をしたけれど、面倒に思ったのか、ちょっとくらいは図星だったのか、それ以上何も言わなかった。ちょっとといわず、半分くらい図星であれ。

こういうのは言ったもん勝ちである。こうして何度も何度もそうなのだ！　と言われていれば、脳みそが勝手に「そうだったのかも？」と勘違いし始めるものなのだ。

小さなことからコツコツと……こうやって少しずつでもラフェオン様の脳みそを洗脳して恋心に火をつけるわよ！

「次は「食べ歩きをしに行きましょう！」

食べ歩き……？　意外と庶民的な楽しみを望むんだな」

首を傾げつつもラフェオン様の声色には私を非難するような雰囲気はなく、純粋に意外に思っているのが伝わってきた。

きっとラフェオン様は正統派聖女のイメージで言っているのだわ、と気付く。

確かに、普通聖女は食べ歩きなどしないでしょうね。私が聖女らしからぬ性格だと分かっていたとしても、人間界では聖女として暮らしていた訳だから、世間知らずでもおかしくはないのだし。

けれど、私はおとなしく神殿や王城だけで優雅に過ごすなんて退屈で、一人で抜け出しては街で遊んでいたのだ。

聖魔法を応用すれば幻影と変装でまったくの別人になるなど容易《たやす》いことだしね。

フォードが「頼むから一人はやめてくれ！」とあんまりうるさいから、途中からは一人ではなくフォードを呼びつけて連れていくようにはなったけれど。

人間界ではそれなりに『いい聖女』ぶって過ごしていたけれど、ラフェオン様に対してそんなふうに演じるつもりは微塵もない。普通は愛する人の前でこそ、よく思われたくて自分を演出してしまうものかもしれないけれど、私はそんなことをする気は一切ないのだ。

だって……。

「私、好きな人には自分のすべてをさらけ出したいタイプですので。繕った姿だけで好かれても、それは本当の私ではないですからね」

そう、まるっと丸ごと私のすべてを愛してほしいという強欲全開の願望である。

「洗脳で好きにさせようとしたやつのセリフとは思えんな」

ラフェオン様は呆れたようにそう言うけれど、それはそれです。

本当の私を愛してほしいと思う気持ちも、とりあえず好きになってもらってからゆっくり仲を深めていくのもありよねと考える気持ちも、どっちも嘘ではないのだもの。

「ラフェオン様、それでは行きましょう！」

歩いているうちにラフェオン様がなんだか気まずそうにし始めたように感じ、気になった。

最初は私との密着具合にドキドキしてくださっているのかしら⁉　と思っていたのだけれど、間もなく違う理由に気が付いた。

「まあ、あれはひょっとして人間では……魔王陛下が人間を連れているという噂《うわさ》は本当だったのね」

――そんな声が耳に飛び込んできたからだ。

（ふうん？　なるほどね）

視線を感じるなとは思っていたが、みんな魔王であるラフェオン様に釘付けなのかも？　と、全然気にしていなかった。

人間界にいる時も敬愛される聖女である私はいつどこにいたって人の目を集めていたので、視線を向けられることに慣れっこだったというのもある。

注目されているのはラフェオン様ではなく私だったってことね。ただし、その理由はあまり好ましいものではなさそうだけれど。

街の魔族たちは、魔王であるラフェオン様が人間などを連れていることに不信感を抱いているのだ。

カフェではこんな視線や声を感じなかったから気付かなかったわね。魔王城や離宮にいる間は、私の周囲は私に対して好意的な者がほとんどだし。

これは私のミスだわ。

すんなり受け入れられ過ぎてちょっと忘れていたけれど、基本的に魔族は人間を下に見ている。

おそらく彼らの目には高貴な王族が見るからに汚れたゴミを大事に抱えているようにでも見えているに違いない。

(私は抱えられてはないけれど。ウッ、抱えられたい……！)

ついついラフェオン様の腕の中に抱きかかえられる(抱きしめられる)妄想を繰り広げてしまい、ハアハアと苦しくなった息を整える。今はそれどころではないので。

この中に改心前のイルキズのような過激派がいる可能性もある訳だし、このままではラフェオン様を軽んじる者が出てこないとも限らない。

そもそも平和主義であるラフェオン様は、自分をきっかけに不和が生まれることを絶対に望まないだろう。

ならば、私のやるべきことは明確だ。

「ラフェオン様。煩わしい視線を向けられる事態になってしまい、申し訳ありません」

やるべきことその1。ラフェオン様に申し訳ないという気持ちを伝えること。素直が一番ですからね！　私のせいで居心地の悪い思いをさせてしまっているのは間違いないのだし。

私の言葉を聞いたラフェオン様は驚いたように目を見開いた。

「は……いや、お前のせいではないだろう」

あああ！　ラフェオン様！　なんてお優しいの！　絶対に私のせいなのに。

「いいえ、いいえ！　私のせいで、ラフェオン様のお心を乱すようなことになって……私の考えが浅はかでした。ここは魔界ですもの。魔族の中に人間である私を嫌悪する者がいることなど、簡単に想像がつくことでしたのに。受け入れてもらえるものだと、勘違いしていたのですわ」

やるべきことその2。現状を受け入れる姿勢を見せること。責任転嫁などしません！　そんなことをした瞬間、ラフェオン様の中に「セシリア、面倒くさい存在」という認識が芽生えてしまう危険性がある。

それに、責任の所在が私にあるほうがやりやすいもの。

「何を……」

反省の意を込めて眉を下げ、目を伏せた私に、ラフェオン様の瞳が揺れる。

そして、最後。やるべきことその3は……

「まさか、お前、人間界に帰るつもりじゃ――」

「だから、すぐに民たちが私を認め受け入れるようにしてみせますわね！　……え、今何かおっしゃりました？」

私としたことが！　ラフェオン様のお言葉をさえぎってしまったわ！　これは大罪！

慌てたものの、なぜか一瞬呆《ほう》けたラフェオン様は、すぐにじとりと私を見つめ頭《かぶり》を振った。

「……いや、いい。それよりお前は今なんと言ったんだ？　受け入れるようにするとはどういうことだ」

「ああ、そうでした。民たちにすぐに私を認めさせますね！」

やるべきことその３。受け入れられていないのならば、無理やりにでも受け入れさせるのみ！

「待て！　一体何をするつもりだと聞いているんだ！」

「ご安心ください、危険な方法は取りませんから！」

「お前のいう危険な方法とやらが『お前にとって危険』なのか『魔族にとって危険』なのか、ひとまずそれを聞かせろ……！」

ラフェオン様ってば。おかしいことを聞くのね？

そんなの、『ラフェオン様にとって危険』ではない、に決まっているじゃないですか！

ラフェオン様はまだ焦《あせ》っている様子だけれど、これはきっと私の心配をしてくれているに違いない。それならばまずは実際に私のすることを見てもらって、安心してもらうのが一番よね。

周囲をぐるりと見渡す。数々の視線が私を向いている。私を排除したいと思っている者、私の存在に不安を感じている者、私に関心などないけれど、周囲の空気がおかしいからついこちらを見ている者……。

こちらを不安そうにうかがい見ている者の一人に狙いを定め、そちらに近付いていく。

「セシリア、ちょっと待て！」

慌てるラフェオン様。

「え⁉　えっ、ひっ……！」

怯える一人の魔族。

そして、そんな魔族に手を差し伸べ、にっこりと微笑む私。

うふふ、これぞ聖女の微笑みよ！

「初めまして、突然申し訳ありません」

「え……」

私は見逃さない。引き続き怯えは見えるものの、近くで目にした私に対してほんのり頬を染めていることを！　なかなかいい反応じゃないの。

「あなた様のお名前を教えていただけますか？」

突然名前を聞かれた魔族は目を泳がせながら答える。

「マイクです……」

「まあ！　いいお名前ですね。マイクさんとお呼びしても？」

名前を呼ぶというのはあなたに興味があると示す行為でもある。まずはこういうところから緊張をほぐすというのも大事よね。

魔族が戸惑いながらも頷くのを見て、さりげなく手のひらに薄く聖魔力を纏わせながら魔族の両手をそっと握った。こうすると触れたところから相手の心に向かって気付かない程度の聖魔力がじわりじわりとしみ込んでいき、落ち着かせることができるのだ。

手を握られた魔族は一瞬びくりと小さく震えたけれど、抵抗はしなかった。

その様子を見ながら切り出す。

「マイクさん、もしもあなたがお嫌でなければ、私にあなたの怪我を治させていただけないでしょうか？」

喉にも聖魔力を纏わせて言葉を発したので、私の声はこちらに注目している周囲の者にもしっかり届いただろう。ああ、私ってばなんて細やかな対応をするのかしら？　うふふ！

ここまでする必要はないかもしれないけれど、万全の体制を整えるに越したことはないものね。

最初にノンナたちと出会った時の件で分かっている。魔族は結構ちょろいってこと。人間と同じくらい、聖女の力に感激してくれるってこと。

「えっ⁉　い、いや、でも……そもそもどうして俺が怪我に悩んでいるって分かって……いや、そもそも怪我を治すって一体……」

驚いた魔族は慌ててズボンの裾をまくり上げる。その足には包帯が巻かれ、血がにじんでいた。

そんなの簡単よ。だって私だもの。

「私は聖女です」

聖女だから分かるのではなく、私だから分かるのだけれど、細かいことは置いておこう。

話に耳を傾けていた周囲の魔族たちが息を呑む声が聞こえる。私が魔族を害そうとする想像をしたに違いない。

確かに、私がその気になればここにいる者たちなど一瞬で吹き飛ぶんだけれど？

まあ、そんなことはしないから安心してね！

「人間で、おまけに聖女である私を信用できないのも当然です。けれど私は魔族の皆さんを害するつもりは微塵もありません」

警戒の視線が突き刺さる。マイクの知り合いなのか、危な過ぎる！　信用などできるか！やめておけ、自殺行為だ！　と次から次へと言葉がかけられる。

　ただ、私にはこの魔族が断らないと確信があった。

「……人間の聖女が治してくれるなど信じられないが……俺の足はただの怪我ではなく、魔物の毒に侵《おか》されている。もう治らないと、このまま徐々に歩けなくなり、そのうち腐り落ちる未来しかないと言われた。これからどうしていいか途方にくれていたんだ。……足がなくなればどうせ仕事もクビになり、野垂れ死ぬしかなくなる。ならば、罠でも嘘でもいい！　あんたのことを信じてみたい」

　魔族って、本当に『力が強いものが強者』っていう価値観が強いわよね。ノンナたちもそうだった。魔族は大きな怪我をすれば弱者のレッテルを貼られ、場合によっては仕事もなくなり、生きていけなくなるのだ。その辺は人間界よりもシビアである。

　マイクは足に巻かれた包帯を取り払っていく。近くで誰かが小さな悲鳴を上げるのが聞こえた。確かにその足は傷を受けた部分が変色した上に抉《えぐ》れていて、肉がのぞき、なかなか悲惨なことになっている。

「……これでも治せるのか？」

　おずおずと私を見るマイク。ああ、この魔族は本当にいい仕事をしてくれるわね。

「もちろんです！」

　さあ、言質《げんち》もとったことだし、気が変わらないうちにさっさとやってしまいましょう。

私はさっとマイクの手を握り、治癒魔法をかけた。

私の手から放たれる聖魔力は昼の光の中でも明るく、マイクの全身を眩く包み込んでいく。

もちろん、怪我をしているのは足だけなのだからこんなふうに全身を包み込む必要はないのだけれど、より多くの人の目に分かりやすく映るようにあえてそうしている。

光は集まっている魔族の人垣の中にも広がっていき、そのあまりの眩しさにたくさんの魔族たちが目を細めていた。

（……ちょっと強くし過ぎたかしら？）

私にかかれば瞬きする間に治すことができる怪我だったけれど、あえて力を抑えてゆっくりと治癒していった。

まだ疑心暗鬼な周囲が怯えて後ずさる様子にも気付いたけれど、気にしない気にしない。

むしろ負の感情が大きければ大きいほど、驚きと感動でそれはあっという間に反転し、好意に変わるのよ。

光が収まったあと、足を確認したマイクは驚愕《きょうがく》の声を上げた。

「あ、ああ！　治ってる！　俺の足が治ってる！」

マイクの言葉と完璧に治癒された足に、周囲の魔族たちが再びざわつき始める。

ラフェオン様にプレゼントするために何度か狩りに出ている中で分かったのだが、魔界に現れる魔物は人間界の魔物よりも強く、たちも悪い。

魔族がいかに人間よりも強いとはいえ、こうして怪我する者も少なくないのに、医術や治癒魔法が発達していないのが問題よねえ。人間界のほうがまだマシなくらいだわ。

だからこそ私の価値が高くなり、私が聖女であることがよりラフェオン様へのアピールポイントになっていいんだけれど。

遠巻きに見ていた魔族の一人が、意を決したように近付いてくる。

「あの……病気も、治せるんですか？」

「ああ、ずるい！　俺の怪我も治癒してくれ！」

「私も、実はここのとこなんだか体調不良で……っ」

「最近なぜか不安に襲われて夜も眠れないんだ！　こんなのも治せるのか？」

見たところ、本気で悩んで藁《わら》にも縋る思いで近寄ってきている者と、まだ私を試そうと力を見たがっている者、半々ってところかしら。でもね、そんな思惑など私にはどうだっていいの。

殺到する魔族たちに、私は人間界で「慈愛に満ちている」と評判だったとびきりの微笑みを向ける。

「もちろん、ここでお会いできたのも大事な縁ですもの。私に治せるものはすべて治癒させていただきます」

ふふん！　想定通りの展開！　訴えを聞く限り、肉体的な問題ではなく、精神的な悩みを抱えている者もいるようだけれど、これまでの傾向をみると魔族であっても聖魔力の安定効果はきっと抜群のはずだから問題ないわ。私って本当に万能よね。

本当はあえて一人一人に治癒をかけてあげたほうが演出としては印象的だと思うのだけれど、声を上げる魔族たち全員を順番に相手にしていては時間がかかってしまう。

さすがにこれ以上ラフェオン様との大事なデート時間を無駄にする訳にはいかないので、さっと手を振り上げ、ノンナたちにしたように一気に治癒をかけた。

治癒を望んだ者もそうでない者もまとめて、その場にいる魔族たち全員を包み込む強い光が、私の掲げた手から一気に広がっていく。より治癒魔法に包まれていることを実感できるように、ちょっと温もりも足してみた。

「温かい……これが、治癒魔法……これほど気持ちがいいものなのか」

思わず零《こぼ》されたようなそんな声を耳にして、私は上機嫌で微笑んだのだった。

その後、すっかりすべての傷や病、不調が消え去った魔族たち。

ある者は興奮に顔を真っ赤にさせながら、ある者は喜びに満面の笑みを浮かべて、またある者は感激に滂沱《ぼうだ》の涙を流しながら、立ち去る私に手を振ったり、跪いて祈りを捧げたりしつつ見送ってくれた。

それに微笑みを浮かべて手を振りつつ聖女モードで対応する私を、ラフェオン様が呆れたように見つめる。

「……取り繕った姿で好かれても本当の自分ではないから、俺の前ではすべてをさらけ出したいと言っていなかったか？」

「ええ、その通りです！　本当の私も、取り繕った私も全部ラフェオン様のことが大好きな私ですもの！」

ラフェオン様は一瞬唖然としたような様子を見せたあと、なぜかバツが悪そうに眼をそらす。

「それにしても……嬉しいです」

「？　何がだ？」

「私が『好きな人にはすべてをさらけ出したい』と言ったことをきちんと聞いていてくれたこともですし、それを聞いてその『好きな人』がラフェオン様であると迷いなく信じてくださることも感激です！　私の求愛はばっちり届いているんですね！」

「は、はあ!?　届いているも何も、いつもお前がしつこいほど好意を押し付けてくるからだろうが！」

「ええ、はい、もちろんですわ！」

もちろん、ラフェオン様の言い分はおかしくない。だけど自分の思いが伝わっているというだけで嬉しいというのは、恋する乙女としては至極まっとうな感情なのである。たとえ、それをまだ受け入れてもらえていなくても。

そのまま私の歓喜に狼狽えるラフェオン様の腕にしれっと絡みつきながら、それを拒否されない幸福を噛みしめる。

ああ、こうして寄り添って歩くことのなんて幸せなことか！

私はこっそり聖魔法で周囲を探って、わざと人気のない路地に迷い込み、二人の時間を楽しむことにした。

第９話　聖女、天罰を下す

ああ幸せ！　永遠にこうして二人でイチャイチャしていたいわ！

……そう思っていたのに、夢のような時間はすぐにぶち壊されることになった。

突然目の前に、目を吊り上げ、いきり立った男が飛び出してきたのだ。怒りに満ちた目はまず私を一瞥《いちべつ》し、次の瞬間にはラフェオン様を睨みつけた。

「魔王陛下！　あなたが腑抜けているから、くだらない下等な人間の女などがそうして増長するんです！　我ら魔族が何よりも優れた種族だとどうして思い知らせてやらないんですか！」

格好を見るに、騎士かしら？　なかなか位が高そうなので、魔王軍の上位にでも位置している者かもしれない。

しかし、そんなことはどうでもいい。問題は目の前の男が叫んだその内容である。

私のラフェオン様を腑抜けなどと罵倒し、ラフェオン様の未来の伴侶（予定）である私を侮辱《ぶじょく》し、ラフェオン様と私の甘く刺激的なデートの邪魔をするなど――

「ラフェオン様、星はお好きですか？」

「は？」

「ほら、夜空に輝く無数の星ってとても美しいじゃありませんか」

「はあ、まあ、そうだな……？　嫌いではないが」

「分かりました」

「……？」

いまだにぎゃあぎゃあと顔を歪めてラフェオン様を口汚く罵る騎士の前に進み出る。

「ラフェオン様、それでは今夜からこの私が星の数をひとつばかり増やしてみせますわ！」

「ハッ⁉　おいっ、待て待て待て⁉」

——ポカンとしているアホ面の騎士、お前は万死に値する。


アホ面騎士は、私の言葉の意味が理解できた訳ではないものの、侮辱されている気配は感じたらしい。すぐに顔を赤くして怒り始めた。

「お、お前！　人間の分際で俺を馬鹿にしているのか⁉」

喚く声がうるさい。ああ、やだやだ！

それに残念、不正解です。馬鹿にしているんじゃなくて、お前の存在を消そうとしているんだもの！

「おい、放っておけ！　煽《あお》り耐性がなさ過ぎるだろうが！」

ラフェオン様が私を止めようとするけれど、恋する乙女にはやらねばならぬ時があるのです！

「嫌ですわ！　このアホ面騎士、よりによって私の愛するラフェオン様を侮辱したのですわよ！」

私とラフェオン様の愛の対話の後ろでアホ面騎士が吠《ほ》える。

「まさかアホ面騎士とは俺のことじゃないだろうな⁉」

今ラフェオン様が喋っているでしょうが！

つくづくろくなことをしない騎士め。

しかしさすがラフェオン様、そんなアホ面騎士にまったく目もくれない。なぜか口元を手で覆っているけれど、そんな仕草も素敵！

「お前……俺が侮辱されたから怒っているのか？　自分が貶《おとし》められたからではなく？」

「当然でしょう！　誰一人としてラフェオン様を悪《あ》し様《ざま》に言うなど許す訳にはいかないのです！　ここでこのアホ面騎士を野放しにすれば百人は同じようなアホ面の愚か者が湧いてきますわよ！」

「いやさすがに俺に不満を抱く者が百人もいるとは思いたくないんだが？」

もちろん、いくら湧いてこようがすべて踏み潰すだけではあるけれど、ラフェオン様の神聖なお耳にヘドロのような汚物同然の音を何度も聞かせるなんて、私が！　耐えられない！

しかしアホ面ヘドロ騎士はますます喚く。

「人を虫のように言うな！」

「虫のようにではないわ。お前など虫けら以下よ！」

「なんだと!?」

「なんという低レベルな言い争いをしているんだ、お前たちは……」

ラフェオン様はついに頭を抱えてしまった。

いけない。ラフェオン様が悲しんでいらっしゃる。アホ面ヘドロ虫を早く黙らせなければ！

そう思った時、騎士はさらに地雷を踏み抜いた。

「こんな女をのさばらせているなんて……これほど威厳もなく尊敬もできない魔王陛下などいる価値もないじゃないか！」

ああ、もうダメだわ。

私の身体からパチパチと音が鳴り始め、髪の毛がゆらりと浮き上がる。

声が聞こえていたからか、昼でも眩い光がパチリパチリと弾け始めたからか、私たちのいる路地を覗き込む人が集まり始めていた。

「な、なんだ？」


ピシャーーーン！


怪訝な顔をする騎士のほんの少し前に、大きな音を轟《とどろ》かせて一筋の雷が落ちた。

はるか昔から、天罰は雷だと決まっている。

「う、うわああ！」

その悲鳴は騎士のものだったのか野次馬のものだったのか。

「私のラフェオン様に無礼ばかり働く愚か者め！　地にひれ伏せ！」

慄《おのの》き後ずさった騎士に指を向け、そのまま下に振り下ろし、聖魔力で押さえつける。

騎士はまるで重力に潰されたように地面に這《は》いつくばると、くぐもった悲鳴をあげた。

「うぐ、ひっ」

「ラフェオン様を崇めぬような配下の騎士こそ、いる価値もないでしょう？」

どうやって後悔させてやろうか。

そう思いながら一歩、一歩と近付いていく。動けずにいる騎士は顔面蒼白《そうはく》で、もはや憎まれ口を叩く気力すらなくなったらしい。

しかし言った言葉は取り消せない。私のこの身体の奥から湧き上がる怒りも、そう簡単に消えることはない。

今までつまらないと思うことは山のようにあったけれど、これほど怒りを覚えたのは初めてだわ。

聖魔力を全力で右手に集めていく。その手を振り上げようとして——掴まれた。

「——やめろ、セシリア」

ハッと我に返る。

「落ち着け。お前がその力を使うほどの相手でもないだろうが」

すぐ側で声をかけられ、信じられない気持ちでそちらを向くと、私の手を掴んで止めているのはラフェオン様だった。

「あ、わ、わぁ……！　な、なんてことなの……わ、私……！」

身体がブルブルと震えるのを止めることができない。

言葉をつっかえながらあわあわと唇をわななかせる私を見て、ラフェオン様はどこか困ったように眉を顰《ひそ》める。

「そう怯えずともいいだろうが。確かにやり過ぎだとヒヤヒヤはしたが、俺は別にお前に怒っている訳では――」

　ラフェオン様がそう言うのと私が叫ぶのはほぼ同時だった。

「私の名前を、ラフェオン様が呼んでくださったわーー⁉」

「……は？」

「なんてことなの！　名を呼んでいただけたのは初めてですわ！　ラフェオン様の低く澄んだお声が私の名前を紡ぐのは、なんと甘美なのでしょう⁉　ああ、今日は最高な一日！　ラフェオン様好き！」

「…………」

　ラフェオン様はぐっと押し黙ってしまった。しかし、そう、言った言葉は取り消せない。私の名前を呼んだ事実もね！　素敵！

　すっかり気分のよくなった私は騎士に振り向く。

「お前！」

「ひぃっ！　は、はい！」

「私は今最高に気分がいいから許してあげることにするわね！　ラフェオン様も放っておけって言っていたし。ああ、間違った。そんなやつ放っておけ、その時間があるならもっと俺に構えって言っていたし！」

「おい！　そんなことは言っていないぞ！　捏造《ねつぞう》にもほどがあるだろうが！」

大丈夫です、さっきの『セシリア』に込められていたすべての意味を私はきちんと受け取りましたわ！　うふふ、うふふ！

「ただ、おイタも過ぎると罪ですからね。こんなに素晴らしく偉大なラフェオン様相手ですもの。きっと本心じゃなかったのでしょうけれど、ラフェオン様を侮辱するものは死ぬ覚悟があるのだと見なされます。今後は気を付けるように」

死ぬ覚悟があるというか、死にたいのかな？　と思ったけれど、今日だけは見逃してあげよう。

「は、はいぃ……！」

「よろしい」

騎士の返事を聞いて、彼を押さえつけていた聖魔力を緩めてやる。

完全に解かないのは『おイタ』への罰です。命までは取らないけれど、反省はしてもらわないとね。

「もう、なんでもいい……」

ラフェオン様は疲れたようにため息をつくと、情けなく座り込んだまま震えているアホ面騎士のほうへと向き直る。

「おい、そこの騎士。……ダーリスだったか」

「……！　え、お、俺の名を知っているんですか……」

――えええ！　ラフェオン様、こんな無礼者の名まで覚えているんですか⁉

アホ面騎士――ダーリスとやらが発した内容と、同じことを考えてしまった。

ラフェオン様は魔族の頂点、魔王であり、そんな彼に近い立場で関われる者は限られているはず。さらにいえば兄弟であるイルキズはともかく、自分とあまりに考えの違う者を、この賢く、平和を望む人が積極的に自分の側に置くとは到底思えない。

つまり、愚かにもラフェオン様のことを非難したこのダーリスは、取るに足らない立場のつまらない一騎士に過ぎないと推測できる。

それなのに、その存在を認識しているどころか、名前を覚えている。これがどれほどすごいことなのか、おそらくダーリス本人が一番分かっているのではないかしら？

というか、私でさえさっき初めてラフェオン様に名前を呼んでもらえたのに、この無礼なアホ面騎士が名前を呼んでもらえるなんて何事？　ちょっと、わりと本気で許しがたいんですけど。やっぱり夜空の星に並べてやろうかしら？

名前を覚えてもらっていたことに驚き震えるダーリスに対して、ラフェオン様は不思議そうにしている。

「騎士は我が国に属し、国のために生きる存在だ。この国の、魔界の王である俺が国の財産を把握していないなどある訳がないだろう。たとえお前のほうが俺を嫌っていようと関係ない」

何を当然のことを？　と首を傾げるラフェオン様。

その言い方やダーリスに向ける視線に、嫌味や皮肉は一切感じられなかった。

心の底からそう思っているのだと分かる態度を前に、私は震えた。もちろんダーリスも震えていたけれど、それ以上に震えた。

——か、か、かっこいい～～！　ええっ！　すごく素敵！

「あああっ、さすが私のラフェオン様ですわ！」

思わず背中に抱き着くと、ラフェオン様は驚きの声を上げる。

「うわッ、なんだお前は！　いきなり飛びついてくるのはやめろ！」

「えっ！　それっていきなりでなければこうして抱き着くこと自体はいつでも大歓迎ということですか⁉　嬉しいです！」

「そんなことは一言も言ってないだろうが……」

ラフェオン様は頭痛でもするのか、眉間に指を添えて顔を顰めている。む、これは私の得意な治癒の出番なのでは？

そう思い手を向けて聖魔力を込めようとしたところで、ぱしりと払われてしまった。頭が痛い訳じゃなかったらしい。

見せ場がなくて残念だけれど、ラフェオン様が健康ならばそれが一番なのでＯＫです。

「魔王陛下は……俺のような騎士の名も、他の騎士の名もすべて覚えているというのか……？」

ダーリスがぽつりと零した言葉に、そういえばアホ面騎士をそのままにしていたわねとやっと存在を思い出した。ラフェオン様の魅力が眩し過ぎてすっかりその姿を見失っていたわ。

「こんなにも素晴らしい主君に恵まれているというのに、その幸運に感謝するどころか、浅ましくもラフェオン様の耳を汚すような真似をするなど、本当に愚かな騎士ですわね！」

まだ呆然として立ち上がれずにいるダーリスに向かって、べーっ！　と舌を出して、全力で「お前を馬鹿にしています！」と示してみせる。

こういう者には高度な嫌味よりも、こうした子供っぽい態度のほうが腹立たしく感じられるのだと知っているのよ。

「またすぐにそうやって！　やめろ！」

ラフェオン様に止められてしまったから、今日はこの辺にしておいてあげるわ！

「言っておくけれど、今お前が無事に呼吸を繰り返していられるのは、ひとえにラフェオン様がお優しく偉大で、まさしく王の器であらせられるおかげだということをゆめゆめ忘れないことね！」

だって、少しでもラフェオン様が不快だと思った時点で、私は絶対にお前を夜空の星のひとつに加えていたのだから。

アホ面騎士ダーリスは顔を真っ青にさせてこくこくと何度も首を縦に振っていた。

もういいだろうとラフェオン様が踵《きびす》を返す。

「はあ……ほら、もう行くぞ」

「はい！」

ラフェオン様に促されて、アホ面騎士に背を向ける。その腕にギュウッと強めにくっついても、もうラフェオン様は何も言わなかった。

そしてラフェオン様に夢中な私は、アホ面騎士とのあれこれを見守っていた周囲の魔族たちが、どんな反応を見せていたのかなんてまったく気付いていなかった。

「あれが、聖女……本当に魔王様を慕っているんだな」

「あれほどの力を持つ存在を手懐けているなんて、魔王様、すご過ぎないか……？」

「過激派の力も勢いも強く不安に思っていたが、そもそも魔王様の力には誰も敵わない。それでも平和主義だから実力行使に出られた場合にどうなるのか不安に思うこともあったが、あのような方が側にいるならなんの心配もいらないじゃないか……！」

「これはすごい、ああ、魔王様、聖女様……！」

第10話　聖女、祝福の鐘の音を聞く

数日経っても私はあの幸せな一日の余韻に浸っていた。

——はああ、ラフェオン様とのデート、すごく楽しかったわ……！

お名前を呼んでいただいちゃったし……うふふ！　私の名前を呼ぶラフェオン様、あまりにも素敵過ぎたわよね。いつだったか遊びで保存魔法を改良して音を保存できる魔法を作ったんだけれど、その魔法であの声をそのまま保存して、いつでも聞けるようにしたい。

「セシリア様！　本当に申し訳ありません！」

我ながらいい雰囲気だったし、あのデートでさらに6％くらいはラフェオン様の中のセシリア好き度が上がったのじゃあないかしら？　つまり今は16％と言ったところ？

だって私がぎゅっとくっついても嫌がらなかったもの！「あーん」は残念ながら拒絶されてしまったけれど、よく考えてみればあれはひょっとして恥ずかしさのあまり受け入れることができなかっただけの可能性もある。

「この愚か者にも僕のほうからきちんと分からせておきましたので！」

つまりラフェオン様はすでに、少しは私のことを好きって、こと……⁉　きゃー！

「これからも僕が責任を持って痛めつけます！　なので、セシリア様はどうか僕のことを代わりに痛めつけてください！」

「ねえ、ちょっと。さっきからうるさいのだけれど」

そう、さっきから魔王弟イルキズがうるさくて仕方がない。せっかくいい気分でラフェオン様とのラブラブいちゃいちゃデートを思い出しているのに、ぎゃあぎゃあと喚いて。一体なんなのかしら。

私がラフェオン様との甘い思い出に浸る時間は、つまり私とラフェオン様の時間。愛し合う恋人たちの大事な二人の時間を邪魔するなんて、いい度胸をしているわよね。

「はあっ！　セシリア様の冷たい眼差し……！」

イルキズは胸を押さえ、恍惚《こうこつ》の表情を浮かべている。こいつは何をどうしても喜ぶから面倒くさいのよね。本当に幸せそうだこと。

気持ちの悪いイルキズは置いておいて、その隣でイルキズに頭を床にめり込む勢いで押さえつけられている男に視線を向ける。

と、その途端にイルキズがその男を魔力で威圧した。

「この……俺様を差し置いてセシリア様の麗しい瞳にその身を映していただくとは……」

「ちょっと、おとなしくしていないなら視界から消えてくれるかしら？」

「はううっ……！」

怒っても喜ぶだけだからなんの効果もない。変態め！　もうため息しか出ない。ラフェオン様の弟でなければ永遠に魔界から追放してもいいくらいなのだけれど。

ラフェオン様の存在に感謝することね！


さて、気を取り直してイルキズに押さえつけられている男——私とラフェオン様の幸せラブラブ初デートを邪魔したアホ面騎士、ダーリスを見る。

ダーリスは顔を真っ青にしてブルブルと震えていた。

「はあ、あなたは一体何をしに来たのかしら？」

「じ、自分は……セシリア様に、謝罪を……」

いや、とてもじゃないけれど反省して許しを請《こ》うために来たような顔をしていない。むしろ死ぬほど来たくなかったという気持ちが透けて見えている。今すぐにでも帰りたそうだ。

隣で得意げにしているイルキズを見るに、どうやら私に謝罪しろとでも言われて無理やり引きずって来られたようね。

ノンナの淹れた紅茶を飲みながら、一体どうしたものかと考える。

こんな時でもノンナは私の意を汲んで淡々と職務をこなすから、好感が持てるわね。さすが私のメイドだわ。

どうでもいい存在のどうでもいい謝罪なんて心底どうでもよ過ぎてどうにもしようがないのよね。

うんざりしていると、何やらバタバタと廊下のほうが騒がしくなり始めた。

まさか、またどうでもいい存在が押しかけて来たんじゃあないでしょうね？

勢いよくドアが開く。ノックもせず、私が許可を出してもいないのに飛び込んでくるなんて、しつけのなっていない魔族もいたものだわ。

そう思った瞬間、私は自分の目を疑った。

「セシリア！」

「ラ、ラ、ラフェオン様⁉」

そう、そこにいたのはまさかのラフェオン様だったのだ！

嘘でしょう⁉　まさかの世界一どうでもよくない存在が来てくださったわ⁉

ラフェオン様がこの離宮に自らやってくるなど今まで一度もなかったのに！

いいえ、待って。まさか、これは夢？

「痛っ！　でへへへへ！」

ためしに側にいたイルキズをぶん殴ってみたけれど、痛がって《よろこんで》いる。どうやらこれは現実のようだわ……!?

慌ててラフェオン様に駆け寄る。最短距離で急いだものだから、途中でアホ面騎士の手をうっかり踏んづけてしまったけれど、事故だから仕方がないわよね。「うぐっ」なんてうめき声をあげていたが聞こえなかったことにしておこう。今はそれどころじゃないので。

「ラフェオン様、一体どうなさったのです？　あ、もちろん、何もなくともラフェオン様ならいつだって会いに来てくださると嬉しいのですけど。それにしてもなんだか慌てているように見えますが、何かありましたか？」

もしもラフェオン様のお心を煩わせる何かがあるのならば、この私がすぐに取り除いてさしあげます！

気になることを聞きながらさりげなくハンカチを取り出し、少しだけ浮かんでいる額の汗をそっと拭いてあげる。これはもはや妻の行為。既成事実その1ができてしまったわね。このハンカチ、保存魔法をかけて既成事実ができた記念品にしようかしら？

「いや、君を街で侮辱した騎士がこの離宮を訪れたと聞いて……」

どこかバツの悪そうなラフェオン様は室内にいるダーリスに視線を向ける。びくりと肩を揺らすアホ面騎士。今日はラフェオン様に名も呼んでもらえずいい気味だわ。

しかし、今の私にはそんなことはどうでもいい。

「ラフェオン様、ひょっとして、私のことを心配してこんなにも慌てて駆けつけてくださったんですか……!?」

なんってことなの……！　これは、愛……！　愛に違いない！

頭の中でリンゴンリンゴンと祝福の鐘が鳴り響く――。

◆◇◆◇

魔王ラフェオンの前で、聖女セシリアが目をキラキラと輝かせている。あまりの圧に、ラフェオンはたまらずうめき声をあげた。

「うっ……！」

「ラフェオン様、ありがとうございます！　私を心配して汗をにじませながら駆けつけてくださるなんて、本当に嬉しいです好き！」

「………」

ラフェオンは咄嗟《とっさ》に何も言えなかった。……言えない。言える訳がない。

セシリアが魔族の騎士に傷付けられるのが心配だった訳ではなく、むしろその逆――先日セシリアを怒らせたあのダーリスが、今度こそセシリアにその存在を消し飛ばされ夜空の星のひとつにされてしまうのではないかと焦り、冷や汗をかきながら駆けつけたなどと。言える訳がなかった。

結局ラフェオンはセシリアに向かって引きつった微笑みを浮かべ、なんとか言葉を絞り出した。

「…………お前が無事ならそれでいい」

「そ、それはもはや求愛といっても過言ではないお言葉！　感激ですわラフェオン様〜〜〜〜！」

◆◇◆◇

「それで、いたたまれなくなってすぐに戻ってこられたんですか？　せっかくなのですからセシリア様と一緒にお茶でもしてきてくださいとあれほど念を押しましたのに！」

「あの空気の中でそんなのんきなことができるか！」

もどかしげに責めてくるロッドに、ラフェオンは思わず声を荒らげる。

本当に、ひどい状況だったのだ。

つい最近まで自分を忌《い》まわしそうに睨みつけるばかりだった弟イルキズは羨望《せんぼう》の眼差しでこちらを見てくるし、そのイルキズに抑えつけられたダーリスはぶるぶると身体を震わせ、次の瞬間にも泡を吹いて気絶してもおかしくない様子だった。

その異様な雰囲気は、意外と常識人なラフェオンにとって控えめに言って地獄でしかない。

しかし何よりもつらかったのは大歓喜しているセシリアである。

心配していたのはお前ではなくその騎士だよ、という真実は闇に葬《ほうむ》ることにした。仮に口にしていたなら、その瞬間にダーリスは理不尽な怒りによって本気で星にされそうだし。

一瞬その光景を想像してしまい、ラフェオンは身震いした。

そんなことはおかまいなしにロッドは首を傾げる。

「それにしても、いくらお優しく平和主義者でいらっしゃるとはいえ、ラフェオン様がただの一騎士をそこまで心配なさるとは意外でした。まさか私に命じるでもなく、自ら慌てて離宮まで駆けつけるとは」

「ぐっ……いや、よく考えてみろ！　セシリアはおかしいだろう！　あいつなら本気で騎士の一人や二人消しかねん！　せっかくセシリアは魔族の中にも信奉者を増やしているというのに、己の感情で魔族を一人消し炭にしたなどということになれば、彼女に向けられている好意が恐怖や嫌悪に代わる可能性がないとは言い切れないだろうが！」

苦々しく表情を歪めて吐き捨てるラフェオンの様子に、ロッドはハッと息を呑む。

「ラフェオン様……！　つまり、セシリア様が魔族たちから悪く思われるのが耐えられなかったということですね……⁉」

「は？」

「先ほどは否定されていましたが、それはつまり、やはりセシリア様のことが心配だったからで間違いないのでは⁉　もはや愛といっても過言ではない……！」

そうとは知らず、自分はなんと無粋なことを言ってしまったのか。ロッドは深く反省した。

ラフェオンは頭を抱える。

「いやいやいや、なぜそうなる⁉　というかお前までセシリアのようなことを言い出すのはやめろ！　『もはや愛』ってなんだ！　過言どころか事実の捏造でしかないだろうが！」

即座に迷いなく否定したにもかかわらず、ロッドは「自分は分かっていますよ」と言わんばかりの顔で深く頷いて見せる。その様子をもどかしく思うラフェオン。こいつ、自分の側近のくせに何も分かっていない。

「俺がセシリアを心配する訳がないだろうが！　セシリアだぞ⁉　あいつのことが心配なのではなく、魔族たちが人間であるセシリアに悪感情を抱いてしまっては最悪人間との軋轢《あつれき》が深まり、俺の望む平和な世がまた遠のいてしまうかもしれないと危惧しているだけだ！」

「ええ、ええ！　はい、そうですとも！」

「〜〜〜〜おい、ロッド！　にやにやと笑うな！」

そう、ラフェオンはセシリアが心配なのではない。セシリアをきっかけとして、ただでさえ人間と魔族との間にある溝がさらに深まることが心配なのだ。

この時ラフェオンとは本気でそう思っていた。まさか自分が、害そうと頑張ったって誰にも害せそうにないほど強いセシリアのことを、実は心配してしまっているなどとは自分自身でも気付かずに……。

◆◇◆◇

――ところで、魔界のとある辺境の領地にて、一人の貴族の屋敷で夜会が開かれていた。

ラフェオンが治める魔界は今、三つの勢力に分かれている。

ラフェオンの平和を望む思想に共感する魔王派、セシリアと出会う前のイルキズのように『人間蹂躙すべし』と考える過激派、そしてそのどちらにも属さずに成り行きを見守っている中立派である。

今夜の夜会は中立派の貴族家が主催しているものだった。そのため参加者には、魔王派、過激派、中立派のそれぞれの貴族家が入り乱れている。

夜会とは情報交換の場でもある。今日もまたあちこちであらゆる噂話が囁《ささや》かれていた。

「イルキズ殿下が魔王派になられたという話を耳にしたのだけれど」

「まあ、過激派筆頭として実質派閥を率いてらしたあのお方が!?」

「それでは過激派はどうなるのかしら？」

「過激派の数は多いからな、イルキズ殿下が派閥を抜けても、あの方に代わる誰かが率いていくのだろうが、一気に勢いがそがれたのは間違いない」

「まあ……」

セシリアの前では残念な姿しか見せないイルキズだが、腐っても魔王ラフェオンの実弟であり、魔界でラフェオンの次に強いとされている存在である。その影響力は大きく、数だけで言えば一大勢力である過激派をさらに勢いづけることに一役買っていたのは間違いない。

イルキズの変化に対して、ロッドが涙を流し感激していたのは何も大げさではなかったのだ。

噂話を囁く魔族たちは「これは勢力図が一気に変わるかもしれない」と思案する。

「私は魔王陛下が聖獣を飼いならしたと聞いたわ……」

一人の魔族がぽつりと呟く。

「あの聖獣を⁉　我らの天敵ではないか」

「いくら陛下でも聖獣を手懐けるなど不可能では⁉　魔族にとって聖獣の力はあまりにも相性が悪く、脅威だ。陛下と言えど最悪致命傷を負うことになりかねん」

「だけど、魔王城の窓辺や庭で実際に聖獣がくつろいでいたり、遊んでいたりする姿が何人もの魔族に、何度も目撃されているらしいのよ！」

「………」

あまりのことに、絶句する魔族たち。

「……聖女とやらの影響なのかしら」

「！」

その場にいる誰もが思い、しかし口にするかどうか迷っていたことを一人がついに口にした。そのまま何人もが興奮気味に聖女の話題を口にし始める。

本当は皆そのことを話したくてたまらなかったのだ。セシリアの存在やその行動は、耳の早い者たちの元にはとっくに届いていた。

「人間の聖女が魔界に住み着いたんでしょう？」

「ある日突然魔王城の隣に離宮を出現させて、そこで普通に生活しているって聞いたわ」

「毎日魔王陛下と逢瀬《おうせ》を繰り返しているらしいわよ」

「ということは聖獣も聖女が連れてきたのか？」

「まさか、いつでも魔界を滅ぼせるというアピールなんじゃ？」

「いえ、それが、街に降りてその場に居合わせた者たちの怪我や病を治して回ったとか……。おかげで王都では聖女を崇拝する者たちが急増しているらしいわ」

「人間であり、聖女なのに？　じゃあ、本当に敵意はないというの？」

「でも、騎士が天罰だと強力な聖魔法の雷を落とされたと聞いたわよ」

「やはり危険なのでは？　魔界を征服するつもりで、今は猫をかぶっておとなしくしているだけかもしれん」

「いえ、それが、その騎士は魔王陛下を侮辱するようなことを言ったらしいわ。雷はそのことに激怒した結果で、それまでは自分をどんなに悪し様に言われても真摯に受け止めるばかりだったとか。それもあって、王都では天罰を下された騎士のほうがすっかり悪者になっているという話よ」

「つまり、本気で魔王陛下に恋情《れんじょう》を抱いているというのか……？　人間の聖女が？」

信じられないという驚きがその場に広がり、誰もが口を閉ざした。

「……でも、素敵ですわ」

沈黙を破った一人の魔族令嬢に視線が集まる。彼女はうっとりと頬を染め、夢見心地で続けた。

「だって、人間であり聖女なのに、すべてを捨てて魔王陛下への恋に突き進んでいる訳でしょう？　種族を越えた恋、まるで恋愛小説のようにロマンチックですわ！　それに魔王陛下はその聖女が魔王城の隣に住むことを許しているんですよね？　毎日会っているとのことですし、街中でも聖女の側にいて腕まで組んでいたと聞きましたし、魔王陛下も受け入れるつもりということでしょうか？」

「確かに……」

「それって大丈夫なのかしら？」

「いや、それが大丈夫じゃないならば、陛下に恋をしていると言って魔界に居ついている時点で問題だろう」

「だけど、天罰を下したって言うのも、陛下が止めて命までは取らなかったというじゃない？　陛下の言うことはきちんと聞いているならやっぱり大丈夫なんじゃないかしら」

「いやしかし、陛下の言うことしか聞かぬのであればそれは果たして――」

聖女は危険ではないか、その恋は成就するのか。セシリアについての議論はあちこちへと飛びつつ続いている。

そんな中、険しく目を細め、不機嫌そうに顔を歪める女がいた。

「は……？　聖女？　ラフェオンの側にいるのを許されている？　冗談じゃないわ。そんなこと……このわたくしが許す訳がないじゃない」

辺境の地に不穏な空気が漂っていることなど、セシリアはもちろん知る由もない。

第11話　聖女、魔王のお悩みを解決する

大成功だったデートから数日たち、今日も今日とてラフェオン様の元へ突撃！

「おはようございます愛しのラフェオン様好き！　……あら？」

「ああ、セシリアか……」

「ラフェオン様？　何かありましたか？」

「いや、何もない」

嘘だわ！　どうみても元気がない……というか、明らかに何か悩んでいる様子。ああ、私に言ってくだされればすぐにでも解決して差し上げるのに！　遠慮しているのかしら？

「ラフェオン様！　遠慮なんていりません！　何か憂いに思うことがあるならば、ぜひ相談してくださいませ。私たちの仲ではありませんか！」

「どんな仲だ……」

ラフェオン様は呆れたようにため息をつくけれど、やっぱりいつもよりもキレがない気がする。

これは由々しき事態だわ。きっとこのまま直接聞いていても教えてはくれないだろう。あ

んまりしつこくして嫌がられるのは本意ではないし。

　ということでキャムを使って王城内での話を集めさせたところ、すぐにラフェオン様のお心を曇らせている元凶であろうことが見つかった。

　王都から離れたとある領地で、作物が異常な速さで枯れていっているというのだ。このままではその領地や、その領地から食料を購入している近隣の領が食糧難になってしまう勢いらしい。

　なるほど？　それで心優しいラフェオン様は民の生活のために頭を悩ませているのね！

　作物が枯れるのには何か原因があるはず。

　ためしに聖魔力を薄いベール状にして王都を中心に外に向けてじわじわと広げ、異常が発生している場所がないか調べてみる。

　すると……。

「ここね」

　作物が枯れているという領地のすぐ近くに、異変が起こっている場所があったのだ。まあ、私にかかれば特定なんて簡単よ。

　さらにその場所にベール状の聖魔力を重ねるように集中させてみたところ、異変の原因が分かった。どうやらその土地から、とんでもない量の瘴気《しょうき》が溢れているのだ。

瘴気というのは生き物が生活を営む上で自然に発生する物質で、有害ではあるけれどその発生量はごく微量とされているし、そのまま消えていくことがほとんどだ。

それなのに今回は私の聖魔力ではっきりと感知できる上に、作物を枯らしていってしまうほどのこの量、きっと呪いか毒が原因に違いない。

瘴気はある一定以上量が多くなってしまうと、魔族の身体をも蝕《むしば》んでしまう。

人間よりは魔族のほうが瘴気への耐性が強いとはいうけれど、それでも深刻な事態であることには違いないし、実際に食糧難になりかけている訳だから、これは間違いなく大問題よ。

「やっぱり、これは私の出番ね！」

ラフェオン様を悩ませる問題は解決するしか選択肢はナシ！

それに、ラフェオン様のセシリア好き度がこれでまた少し上がっちゃうかもしれないし
……うふふ！

こうしちゃいられないわ。すぐにでも瘴気の発生源に向かって、原因を特定しそれを排除しましょう！

そう思い、いそいそと準備していたのだけれど。

「キュキュウ〜！」

「あら、ルルじゃないの。どうしたの？」

私の元に突撃してきたルルが、子犬のような鳴き声を上げながら、必死に私の腰にしがみついてきたのだ。

「キュウン！」

「ええ？　あなたも一緒に行きたいの？」

「うみゃん！」

犬なのか猫なのか。鳴き声を統一してほしいものだ。

目的地まで、私一人でさっさと飛んでいくことは簡単だし、正直そのほうが手っ取り早い。

しかし、少し考えてみる。

「そうね……」

……私が魔界に住み始めたことや、聖獣であるルルもここにいることは、噂として徐々に王都外にも広まっていると聞いている。ロッドもそう言っていたからこの情報は確かなものだわ。

だけど、噂レベルでしか情報が入らない魔族たちは、私が聖女であることや、その私の側に天敵である聖獣までいることに対して、おそらく不安を抱いているはずよ。

私にとっては民たちの不安なんて正直どうだっていいのだけれど、ラフェオン様はそんな状況をあまり歓迎しないはず。

「いいこと考えた。分かったわルル、あなたも一緒に行きましょう！」

「グルル〜ン！」

嬉しそうに喉を鳴らすルル。出会った時には私に向かって威嚇していたのが嘘のようね。

私、素直な動物は可愛くって好きよ。

ルルを連れて、王都の門の外、少しひらけた場所に出る。そこでルルに私の聖魔力を注ぎ、小さくしていた身体を成獣に近いサイズまで大きくした。

「さあ、私を乗せて飛んでいくのよ！」

私は聖獣ルルの背中にのり、魔界の空を駆け抜けた。


そうして辿り着いた先に、それはいた。

黒く、大きな塊——。

「邪竜《じゃりゅう》じゃあないの」

禍々しいその全身から瘴気を放っている。十中八九これが作物を枯らしている原因ね。瘴気で見えにくいけれど、鱗《うろこ》は黒だ。元はブラックドラゴンかしら？

私はルルに離れた場所で待つように命じて背中から降り、邪竜に近付いていく。

全力のルルならばこんな瘴気にやられることはないけれど、今は私が力を抑えている状態だから、念のためにね。

黒く大きな邪竜の全身を覆うようにベール状に魔力を伸ばして検分していると、邪竜が顔を上げ、濁《にご》った瞳で私を強く睨みつけた。

無遠慮に自らの身体を撫でていく聖魔力で私の存在に気付いたらしい。

「グ、グウウウウウ！　ギャアア！」

「叫び声みたいな鳴き方をするのねえ」

威嚇というより、心からの絶叫みたいな……。

「あら、みたいなっていうより、本当に絶叫しているのかしら？　あなた、怒っているんじゃなくて苦しんでいるの？」

邪竜なんてものになったドラゴン種の瞳はたいてい怒りや憎しみに満ち溢れているのだけど、どうにもそんな様子ではない。

ためしに耳に聖魔力を巡らし聴力を調整してみる。こうすると人語を話せない生物や魔物の言葉をある程度理解することができるのだ。

『ギャウウウ！　……うう、悲しい、苦しい、つらい、どうして……グギャアア！　ワタシはただ……ううっ』

うーん、なんだかやっぱり苦しんでいるみたい。ちょっと話を聞いてみようかしら？　せっかくならこのドラゴンが邪竜になった経緯まで知っておきたいしね。

という訳で、こちらに攻撃しようとしてくる邪竜に聖魔力で平手打ちを叩き込む！

私の10倍はあろうかという大きな身体が、まるで軽い人形のように吹っ飛んだ。

もちろんただ攻撃しただけではなく、振り抜いた手のひらにちょちょいと解呪の魔法をのせていたので、この邪竜を邪竜たらしめているなかなか強力な呪いはこれでばっちり解呪されるはず。

普通は邪竜なんてものになった後、そのドラゴンを元に戻すなんてことは不可能とされているのだけれど、この私にかかれば不可能も可能になるので。

「ギャアアアアア！」

シュウウウ……

断末魔といわんばかりの絶叫とともに、邪竜の身体から音を立てながら煙が立ち上っていく。

周囲が見えなくなるほど辺りを包んだその煙が消えた頃、その場には大きくて黒い、ツヤツヤの鱗を持つドラゴンが意識を失い倒れていた。

◆◇◆◇

「ワ、ワタシ、裏切られて呪われたのッ！　う、うわあぁん！」

しばらくして目を覚ました黒いドラゴンは我に返ってハッと身体を起こすと、そう言って泣き始めた。

「まあまあ落ち着いて。私はセシリアよ。あなたの名前は？」

「ワタシは……シュリー……」

「シュリーね。一体何があったの？」

大きな全身を震わせながら声を上げて泣くシュリーの隣に座り、背中をさすってやりながら、手のひらに纏わせた聖魔力で身体の状態のチェックもついでにしておく。

うんうん、問題ないわね。呪いは解けたばかりだけれど、身体のほうは元気そうだ。

やがて、相変わらず泣きながらだけれど、シュリーはぽつりぽつりと話し始めた。

「ワタシが、馬鹿だったの……ドラゴンのくせに、魔族の男なんかを信じてしまったから……」

彼女の話はこうだ。

ドラゴン種ではとても珍しいことに、シュリーは引っ込み思案で人見知り、おまけに臆病で争いごとも苦手なんだとか。

そのせいで同種からは疎《うと》まれ馬鹿にされ、長い年月の間、誰もいない地で一人ひっそりと暮らしていたらしい。

そこに、一人の魔族の男がやってくる。シュリーはその魔族のことも恐ろしくてびくびくしながら最初は警戒していたらしい。けれど、男は徐々にシュリーの心を開いていく。

「彼の名前はテオル。とても優しくて素敵な人だったの」

やがてシュリーはそんな男に種族を越えた恋に落ちてしまった。

自分に自信などないシュリーは、その恋をどうこうするつもりなど一切なかったけれど、まさかの奇跡が起きる。魔族の男もまた、シュリーに愛を囁くようになったのだ。

シュリーは喜び、愛する男に尽くした。

請われればドラゴンである自分の魔力を渡し、血を渡し、その力や心を無防備に明け渡してしまった。そうして本来ならばドラゴン種特有の力で呪いなどよほど強力でなければかけられないはずなのに、シュリーはただの魔族である男に呪いをかけられてしまったのだ。

そう、男はシュリーを愛していた訳ではなく、自分に向けるシュリーの想いをただ利用しただけだった。ドラゴンを呪うことで、その力を引き出し、他の誰かに差し向けることができるのだ。

呪われてしまったシュリーは自分の力をコントロールできず、邪竜に落ち、瘴気をまき散らす存在になってしまった。

男に裏切られ、愛されてなどいなかった現実に傷つき絶望し、嘆き悲しみながら――。

「そうだったの……」

あまりにもシュリーが不憫《ふびん》で、眉を顰《ひそ》めてしまう。

正直なところ、今までの私だったら、恋なんてもののせいで目が曇り、ドラゴンでありながら呪いの媒体にまでされたシュリーのことを「なんて愚かなのかしら」と鼻で笑ったかもしれない。

そう、今までの私だったら――。

しかし、今の私はラフェオン様に出会い、恋がいかに身を焦がし、それでいて幸せを与えてくれ、心のすべてを攫《さら》っていくかを知っている。

だからこそ、初めてかもしれない。こんなにも誰かの気持ちに共感し、感情移入してしまうのは。

「許せないわ……その下衆魔族。乙女の恋心を利用するなんて、この世で最も罪深い」

「セ、セシリア？」

「なんでもないわ」

おっといけない、本音が漏れたわ。ラフェオン様に関すること以外で気持ちが昂るなんて、私としたことが恥ずかしい！

それにしても、ラフェオン様の憂いの元凶は、元を辿ればそのテオルとかいう魔族だということよね。シュリーの恋心を弄んだことを差し引いても絶対に許せないわ……。

ラフェオン様に想いを馳せていると、シュリーが自嘲気味に笑った。

「でもね、さっきも言ったけれど、ワタシが馬鹿だったの。種族の違う男に夢中になって……そんな恋、絶対に叶う訳がなかったのに。おまけに絶世の美ドラゴンならまだしも、見た目も中身も同種にすら馬鹿にされて一人ぼっちのワタシなんかが……」

「このおバカ！」

聞いていられなくて、たまらずシュリーの横っ面をひっぱたいた。本日二回目の平手打ちだ。まあ、私の手は聖魔力に守られて痛くもかゆくもないんだけれど。

「ぎゃん!?」

シュリーは小さく悲鳴を上げ、信じられないものを見るような目で私を見つめる。

「な、何するのっ⁉」

「シュリー！　私は聖女なの。聖女たる私は、間違った思考の沼にハマっているあなたを見過ごす訳にはいかない！」

「せ、聖女？　セシリア、聖女なのっ？　そういえば、温かい魔力で叩かれた後、すぐに意識がはっきりしたような……。つまり、セシリアが解呪してくれて、ワタシは元に戻れたってこと？　悲しみに夢中で気が付かなかった……ええっ？　だけど、邪竜にまでなった私の呪いなんて、いかに聖女といえど解けるものなの……？」

狼狽《うろた》え、混乱するシュリーに声をかける。

「シュリー、恋心を踏みにじるのは重罪なの。万死に値するの。もちろん、相手にも心があるのだから、想いに応えてもらえずに振られてしまうのは仕方ないし、想いが通じなくて失恋することは何もおかしくないことだわ。けれど、私利私欲のために向けられた恋心を利用するなんて言語道断なのよ。それを『私なんか』と自分を責めるのは間違っているわ！」

ハッと息を呑むシュリー。

「……そうよね。ワタシなんかって自分を蔑んでばかりではダメよね。誰も好きになってくれないとしても、ワタシがワタシを好きになってあげなくちゃ……」

「いえ、別にそれはどうでもいいけれど」

「エッ!?」

驚かれて、つい首を傾げてしまう。

「だって、好きになってあげなくちゃと思って好きになれるなら、とっくに自分のことが大好きでしょう？　そもそも好きってそうやってなるものじゃないし」

それは相手が自分だろうが他人だろうが同じこと。私は完璧過ぎるし非の打ち所がないので自分のことが大好きだけれど、皆が皆そうではないことも知っている。

「好きでもないのに好きと思い込もうとするのはただの現実逃避よ。好きになりたくて、好きな自分になれるように努力するのは素敵だと思うけれど」

「な、なるほど……」

私が怒ったのはシュリーが自分を卑下したからではない。

「あなたが自分を魅力的だと思えなくて好きになれないことと、その魔族の男が最低でムカつくってことは別物でしょう？　それを結び付けて仕方ないと思う必要なんてないじゃない！」

話を聞いて、私もムカついているんだから、当事者のシュリーがその怒りを飲み込むなんて許せなかったのよね。

ポカンとしているシュリーの口の端から、鋭い牙がチラリと見えている。

「せっかく呪いを解いてあげたんだし、どうせならその立派な牙でそいつのことを噛み殺してやりなさい。ここまでやられて泣き寝入りなんて一番悔しいじゃないの」

「か、噛み殺すっ？　セシリアは聖女なのに、そんなことを許すの？」

「あら、聖女だからって向けられる悪意をすべて受け止めて許さないといけないなんて誰が決めたの？　いい人は痛めつけられてもただ我慢しなくちゃいけないの？　そんなの悪者がただ得していい思いをするだけじゃない。私は怒りや憎しみを糧《かて》に、罪に罰を下したっていいと考えているわ。神様だって天罰を下すじゃない。まあ別に必ず命を奪わないといけない訳じゃないし、絶対にやり返さないといけない訳でもないけれど。要は傷付けられた自分の心が満足できるならそれでいいのよ。もちろん自分が納得できるならただ許したっていい。だけど今、あなたの心は嘆いて苦しんでいる」

「ワタシ……うん、ワタシ、とてもじゃないけれど心が満たされていない。このままじゃ、ずっと苦しいまま……！　ムカつく！」

「そうよ、怒りたくなるようなことをされたんだから、怒っていいの」

　もうひとつ、大事なことを伝えなくてはいけない。

「それから、種族違いの恋が叶わなくて当然みたいな言い分もちょっとカチンときたわね。シュリーの場合、傷付くことになった原因は種族の差じゃなくてそいつが最低だっただけなんだから、一緒にしないでほしいわ」

「ご、ごめん？」

どうしてその部分について怒られているのかよく分かってなさそうなシュリーだけれど、これは言っておかなくちゃ。

「あのね、私だって種族違いの恋をしているのよ？」

「えっ？　そうなの？」

「魔王様が好き過ぎて、魔王城の隣に住むことにしたんだから。今は絶賛アピール中よ！最初は魔王討伐という目的のために魔界にきたんだからね」

「ええっ⁉　討伐対象に恋をしたっていうことーっ⁉　そんなのってアリなの？」

「私の心よ。誰にもナシだなんて言わせないいし、たとえナシでもアリにしてしまえばいいのよ」

私の言葉に、シュリーは声を出して笑った。そして、そうっと聞いてくる。

「……それで、アピール中の手ごたえはどうなの？」

「うふふ！　そうね、せっかくだから私の話も聞いてちょうだい。女の子同士、恋バナしましょう！」

ラフェオン様がどれだけ素敵か、ラフェオン様をどれだけ好きか、いくらでも話せるし、たくさん聞いてもらわなくちゃ！

そうして惚気話《のろけばなし》をさんざん聞いてもらい満足した頃、これからも気軽に恋バナできたらいいのにと思ってシュリーに一緒にこないかと誘ってみたけれど、それは断られてしまった。

「本当に、一人でここに残るの？」

「ええ、セシリアとたくさん話して、生まれ変わった気分なの。どうして今までただ黙って馬鹿にされてきたのか、同種たちのことが怖かったのか、テオルのこともワタシが悪いだなんて思っていたのか、思い出せないほどよ。だから——きっちり復讐《ふくしゅう》することにするわ！まずは今までワタシを馬鹿にして痛めつけてきた同種たちに報復して回って、最後にテオルをぶちのめすの。そして新しい恋をする！」

「まあ！　とっても素敵じゃない！」

「引きもこもっていた分も鍛え直してからになるから、復讐が終わるまでに少し時間がかかると思うのだけど……それが終わったら、セシリアのところへ行ってもいい？」

「もちろんよ！　恋バナまでしたんだもの。私たち、もう友達でしょう？」

「ああ、セシリア！」

「その頃にはラフェオン様を私の旦那様だって紹介できるように私も頑張るわ！」

慕ってくれる子たちはいるけれど、女の子の友達は初めてよ。うふふ、今まで友達が欲しいと思ったことも別になかったんだけど、なかなか悪くないわね。

私たちは熱い抱擁を交わし、再会を約束したのだった。

ラフェオン様に恋していなければ、手っ取り早く邪竜に落ちたドラゴンを排除して、それで今回の件は終わりだったに違いない。

そうなっていたら、シュリーと友達になることもなかった。これまでの私をラフェオン様が変えてくれたようなものよね。

ラフェオン様と出会って、あの方を好きになってよかった。前よりずっと、世界が輝いて見えるし、毎日楽しいんだもの！

のちに、シュリーが魔界のドラゴン族の頂点に立ち、覇権を握ることになるのはまた別の話である。そしてその歴代最強のブラックドラゴンの隣には、なんと人間である番《つがい》が寄り添っていたとかいないとか――それも、またまた別の話。

◆◇◆◇

さて、すっかり解決したような空気になっていたけれど、私にはまだやることが残っているのよね。シュリーの呪いを解いて瘴気の発生源を潰したものの、これまでに枯れてしまった作物の量は多く、食糧難の危機はまだ去っていないのだから。

聖魔力を使って離れた場所で待機していたルルを呼び出し、その背に飛び乗る。

「さあ、仕上げは大事よ！　とびきりドラマチックにいきましょう」

「みゃううう？」

よく分かってなさそうなルルに乗って、作物が枯れた土地の上空を飛ぶ。

「な、なんだあれは⁉」

「光を帯びた空飛ぶ獣に、同じように光を帯びた人間……ひょっとして、魔界に住み着いたっていう人間の聖女と聖獣か⁉」

「嘘でしょう？　あの噂は本当だったの……⁉」

「まさか、作物が枯れていくのも聖女による攻撃⁉」

地上のほうからそんな声が度々聞こえてくる。

まあ！　失礼しちゃう。私がラフェオン様の大事にしているものを害する訳がないじゃない？　むしろあなたたちを救うためにここにいるのに、よりによって犯人だと誤解されるなんて。心外だわ。

とはいえ、それも仕方ないことかもしれない。普通は聖女が魔界を救おうとするなど思わないわよね。王都から離れたこの辺の土地の住人たちの耳には、噂の欠片《かけら》は届いても、私やラフェオン様の関係までは知られていないみたいだし。

だからこそ、これからすることがより重要になってくる。

怯える民たちに見せつけるように、何度かルルに旋回させる。そうしている間に、こちらを見上げる民たちの数が増えていく。

この高さだもの、少し離れた場所でも私たちの姿は見えているはずだから、目撃者はかなりの数に及ぶだろう。この後移動して、瘴気の影響が及んでいるすべての土地でこれをやるつもりだし。

十分に注目を集めると、聖魔力を喉に纏わせ、声を轟《とどろ》かせる。

「私は聖女セシリアと申します！　皆様は聖女である私と、聖獣であるこの子が皆様を害するのではないかと不安に思っているかもしれません。しかし、私はラフェオン様を愛し、ラフェオン様が大事にしているこの魔界と、魔族の皆様のために少しでも何かできることがしたいだけなのです！　微々たる力で、傷付いたお心を慰めることはできないかもしれませんが、せめて皆様が大切に育てた土地や作物がまた元の姿を取り戻せますように……そして魔族の皆様がまた笑顔と安心を取り戻せますように……！　癒やしの力！」

ちなみに『癒やしの力！』などと声に出したのはただのパフォーマンスだ。自己紹介と、今から何をするのかをきちんと説明することは大事よね。なんかやってたけど、あれって結局何やってたの？　なんて、理解できない者がいては目も当てられないもの。

民たちの耳にばっちり私の声が届いた様子を確認したあとは、大きく手を掲げ、聖魔力を盛大にまき散らす！

私の手から放たれた聖魔力は白や金、淡いピンク色などの美しい光の粒になり、地上へと降り立っていく。その光が触れた場所から、一気に土がよみがえり、作物が生き返っていく。

ちなみにこの光も演出だ。別に無色透明なまま魔法を放つことだってできるけれど、こうして視覚的に分かりやすいほうが『聖女の放った魔法で作物が生き返った』ということが理解しやすいでしょう？　それに神秘的に見えるし。

こうして目撃されることによって、のちのちこの光景が美しい奇跡として魔族の民たちの噂の的になるに違いない。もちろん、ルルを連れて行かずに私一人で目的地まで飛んでいき、密《ひそ》かにことを終わらせることもできるけれど、時にはあえて派手に人目につくことも大切よね。

聖獣にのった聖女が、魔界の問題を劇的に解決する――なんて素敵な演出かしら！

どうせルルはラフェオン様の……ラフェオン様と私、二人のペットにするんだもの。私だけではなくルルも魔族の敵にはならないのだと知らしめ、恐れの対象から救いの象徴にしておくのも今後のためになるでしょう。

「嘘……死んでいた作物が……元に戻っていく……！」

「まさか……本当に我ら魔族のために聖なる力を使ってくれたというのか……⁉」

「いや、そもそもこれだけの規模の作物や土をよみがえらせるなんて、どれだけの力だよ！」

「あれが……聖女……聖女、セシリア様……！」

湧き上がる歓声とすすり泣きの声が次々に聞こえてくる。

私が現れた時の疑惑の声とはすっかり様子の変わったそんな言葉たちを背中に受けながら、私は気分よく魔王城へ帰っていった。

帰り着いてすぐ向かうのは……当然、ラフェオン様の元よ！

そして早く報告して、安心させてあげなくては！

そう思い、迷わずラフェオン様の執務室に飛び込んだ。

「ラフェオン様！　あなたのセシリアが戻りましたわ好き！」

◆◇◆◇

あまりのことに、魔王ラフェオンは呆然とするしかなかった。

いつの間にかどこかに外出していたらしいセシリアが戻ってくるなり執務室に飛び込んできた時には、今はそれどころではないとため息を飲み込み、まともに話を聞く余裕はなかったのだ。

しかし、彼女が次に発した言葉に意識が引かれた。

「ラフェオン様、あなた様の憂い、このセシリアが晴らしてきました！　もう何も悩むことなどありませんわ！」

「……何？」

満面の笑みでそう告げるセシリアに首を傾げつつ、最初は何を言っているのだと思うばかりだった。確かにセシリアには今朝、何かあったのかと聞かれはしたので、自分が色々と考えごとをしていることはバレていただろう。しかし、人間であるセシリアには関係のない話だろうと、その内容を打ち明けることはなかったのだから。

しかし、セシリアの話を聞いていくうちに驚きを隠せなくなった。

セシリアはラフェオンを悩ませている問題を正しく把握していた上に、たった半日足らずの間になんとそれをすべて解決してきたというのだから。

（いや待て、待て……そもそもどうして俺の悩みを知り得たんだ？　というか解決とはどういうことだ⁉）

ラフェオンを悩ませていた作物の枯れの原因である瘴気はすべて取り払ったこと、あれほどの瘴気を生み出していたのは邪竜と化したブラックドラゴンで、呪われていたこと。その呪いも解いたうえ、ついでに瘴気のせいでダメになっていた土も作物も聖魔力ですべて生き返らせたこと――だから、もう何も心配しなくていいのだということを、セシリアは嬉々として語った。

ラフェオンを見つめながら話すセシリアの瞳に、偉業を達成したことをひけらかす驕《おご》りや高ぶりの色はなく、純粋にラフェオンに喜んでほしいという期待に輝いていた。

（いやいやいや……）

セシリアはぶっとんだことを言いだすことはあっても、嘘をつくことはない。それはここまでの――短くとも濃密な――付き合いで、ラフェオンにもよく分かっていた。

「邪竜の呪いを解いて元に戻したとは……そんなことはできないはずだ」

聞きたいことや疑問はおおいにあるが、一番はそこだった。

ラフェオンのストーカーのようなものであるセシリアに自分の悩みを特定するのはなんかいろんな方法でできそうだし、土や作物をよみがえらせることも聖女の力でできそうではある。

しかし本来、邪竜となったドラゴンを元に戻すなどと言うことは不可能なのだ。邪竜の解呪は一般的な呪いを解くこととはまったく次元が違う。だから今まで邪竜となってしまったドラゴンは、殺してしまうしかなかった。

邪竜を殺すことは、魔界で最も力を持つ魔王ラフェオンにはそれほど難しくない。

しかし、今際《いまわ》の際《きわ》に邪竜がその身の内に溢れた瘴気を大きく解き放つため、現在作物が被害にあっている範囲と到底比べ物にならないほど広範囲の土地や作物、果てはそこに暮らす魔族まで、命という命を奪ってしまうことになる。

だからこそ、ラフェオンはどうするべきか悩んでいたのだ。

それでも、ある程度の被害は仕方ないと覚悟して殺してしまうほかないと、民たちを避難させ、土地はすべて諦める覚悟で、明日早々に邪竜の討伐へ向かう決断をしたところだった。

それなのに……

「普通は不可能ですが、私にできないことはありませんわ！　普通に魔法をかけるだけではなく、聖魔力でぶん殴ることで直接解呪の魔法を叩き込み、外に溢れさせることなくドラゴンの身体の中ですべてを消し去るのです。ほら、私、恥ずかしながら物理攻撃も得意なので……もちろん、これは効率よく解決させるための手段で、私が乱暴者だという訳じゃないですからねっ！」

意味が分からん。

目の前でセシリアはなぜか照れくさそうにしているが、その説明で理解できることなど一切なかった。

ただ、ラフェオンはなんとなく思ってしまった。

（このぶっとび聖女なら……なんかそういう理解不能なことも力のごり押しでできそうだな）

そして、セシリアのおかげで自分の想定していた一番ましな結末の何倍もいい結果が目の前に差し出されているのは間違いないのだ。

「は、ははは……」

「ラフェオン様？」

「……セシリア、君に礼を言う。ありがとう」

「！　いいえ、いいえ！　ラフェオン様のためならば火の中、水の中、瘴気の中！　どこへでも飛び込んで一瞬で解決して見せますわ！」

「やめろ」

本当にやりそうで怖い。ラフェオンのためならばなんでもする、それがセシリアだから。

「ウッ……！　本当に、本当にセシリア様は救世主です！　ラフェオン様のために、自力で問題の原因を特定し、聖魔力を惜しみなく使い、すべてを解決してくれるなど……普通ならば、それがどれほど大変なことか！　これもすべて強く偉大な愛がなせるわざ、ロッドは感動いたしました！」

執務室の隅でずっと一緒に成り行きを見守っていたロッドも、ついに我慢できずに声を上げてむせび泣いていた。

この時、セシリアのもたらした結果に驚愕するばかりだったラフェオンは知る由もなかった。

その過程で、セシリアが民に向けて自分をアピールしまくってきたことを。瘴気の被害にあっていた地域の魔族たちの間で、聖獣とあわせて、聖女セシリアを崇め奉る聖女フィーバーが起きていることを。そんな聖女が想いを寄せるラフェオンの株が、とんでもなく爆上がりしていることを。

当事者の知らないところで、確実にセシリアは魔界の勢力図を動かしていた。

第12話（人間界）聖女セシリア奪還作戦③

その頃、人間界。

王子ナイジェルは公務へ出ていた。護衛の騎士の他に、側にヘスを連れている。

セシリアがおらずとも、日々の生活は続いていく。

嘆き悲しんでいる間も、時間は止まらない。

ナイジェルやヘスの気持ちをよそに、人間界では無情なほどに当たり前の日常があった。

「セシリアがいないのに、私は一体何をしているのだ……」

移動中、ついぽつりと口にする。

本当はセシリアを奪還する方法だけを考えていたい。一分一秒も余すことなくセシリアのために使いたい。

そう強く願っているものの、王族であるナイジェルにそれは許されないことだった。

セシリアがいなくとも、民の生活は続く。国は生きている。

セシリアが、いなくとも……。

ナイジェルとヘスの表情は暗い。二人の心の内をフォードが知ったならもどかしく思っただろう。

（あの人、きっと誰よりも楽しく能天気に過ごしてると思うんで、普通の日常全然おっけーですから……！）

しかしそんな叫びも口に出すことはできないので、フォードの精神的負担を思えばここにいなくてよかったに違いない。


「あの、すみません……！」

突然声をかけられ、ナイジェルの意識が浮上する。

いつの間にかすぐ近くに一人の女が俯《うつむ》きがちに立っていた。みすぼらしいローブをかぶり、顔はあまり見えない。

警戒する護衛を背に、ナイジェルは女の話に耳を傾けた。

民の声を聞くのも王族として大事な務めである。

たいていこういう場合、自身の境遇を嘆く声や、貧困の改善を望む声をかけられることが多いので、耳は傾けるが、もちろんすべてに心を砕ける訳ではない。救いたい、救える国にしたいと思うが、今すぐにすべての民に手を差し伸べることは現実には難しいことだった。

ナイジェルは心優しい青年ではあるが、王族として簡単に心を揺さぶられることはない。

しかし、女の言葉にナイジェルは動揺した。

「私、聖女様をお救いする方法を知っています……！」

ナイジェルもヘスも、想像もしなかった。

この女が人間ではないなどと。魔界でセシリアに牙をむこうとしている、魔族の女であるなどとは——。

◆◇◆◇

騎士団との訓練中、フォードは突然背中に悪寒を感じた。

（ああ～～なんかよく分からんけど嫌な予感がする～～～～）

フォードは特殊な能力を持っている訳ではない。

しかし、長年セシリアという規格外な存在の側にいて、あの美しいトンデモ爆弾に振り回されてきたおかげで、動物的勘、危機察知能力、虫の知らせをキャッチする能力が研ぎ澄まされていた。

つまり、フォードの嫌な予感はたいてい当たる。

「フォード！」

訓練所にナイジェルが飛び込んでくる。

「聞け、ついにセシリアを取り戻す方法が見つかった！」

「えぇ……」

気の抜けた返事をしてしまったのも無理はない。取り戻すも何もないということをフォードはよく分かっている。セシリアは別に奪われた訳ではないので。自主的に残留しているだけなので。

（まあそんなことは言えないしな〜。一応聞いとくか）

それに、ナイジェルがあまりにも目を輝かせていることが気になった。これは本気で希望を見つけた目だ。

「取り戻す方法とは？」

「実は……」

ナイジェルは、自分に声をかけてきたボロボロのローブを着た女の話をする。

「え……魔界に囚《とら》われていたけど、命からがら逃げ出してきた女性……!?」

「ああ、セシリアが魔界に残ったことでその女性に対する警戒が薄れ、隙をついて逃げ出すことができたらしい。彼女が逃げるために使った特殊な魔道具があり、それを使えばすぐに魔王城の近くに転移できることが分かったんだ！」

「ぇぇ〜……」

フォードは心の中で頭を抱えた。

（あ、怪しい〜〜〜！　どう考えても怪しい！　これだ、これがさっきからビシビシ感じていた嫌な予感の正体で間違いない！）

しかしふと思う。こんな怪しい話、普段のナイジェルならば簡単に信じる訳がない。いくらセシリアのことで憔悴《しょうすい》し、判断能力が低下しているとしてもだ。

「今、ヘスが解析と使用準備を進めている。近日中に魔界へ向かう！　フォード、お前もそのつもりで準備してくれ」

「………はい」

ナイジェルに請われてしまえば、それは王族の命令である。返事をするしかない。どんなに返事をしたくなかったとしても。

ついでにいうとフォードは悲しいことに、死ぬほど聞きたくないな〜と感じる命令に従うことに慣れてしまっているのである。主にセシリアのせいで。

そう、嫌だ。嫌に決まっている。絶対によくない感じになる。少なくともナイジェルやヘスが望むような結果はありえないだろう。

だって、相手は魔族でも魔王でもない。セシリアその人なのだ。ナイジェルたちはそれを分かっていない。分かるべくもない訳だが。

正直なところ、フォードは魔王討伐の際、まったく恐怖を感じていなかった。だってセシリアがいたから。その気になれば瞬殺だろ？　と高をくくっていた。

強いて言うならばセシリアの気分がどんなもんかな〜とは思っていたけど。それによって、自分の負担具合が変わってくるので。つまらないからと力の出し惜しみをして、わざと周囲に苦戦させるのはセシリアがよくやる定番のお遊びだったので。

しかし今、フォードは震えるほどの恐怖を覚えていた。

セシリアを取り戻すべく動くこと。それすなわち、セシリアのお楽しみの邪魔をすることである——どんな意味があってどんなお遊びをしているのかは知らないけども——。

セシリアの邪魔をするということはつまり、彼女の機嫌を損ねる可能性が高い。

(え、どうなる？　セシリア様の邪魔をして機嫌損ねて、俺生きて帰れるのかな……？)

さすがのセシリアもむやみに人の命を危険に晒すことはない。しかし、わざわざ予定していた魔王討伐も放り出してまで魔界に残っている現状を考えると、今はこれまでとは比べ物にならないほど「楽しんでいる」可能性が高い。

振れ幅が大きいほど、逆鱗《げきりん》に触れた場合の怒り具合も大きいはず。

これほどセシリアの猫かぶりのうまさを恨んだことはない。

そのせいでフォードが全力で事情を説明して止めたとしても、ナイジェルやヘスは絶対に信じないに決まっている。

それはつまり、こんなにも嫌な予感がびしびしとしているのに穏便に回避する方法がないということだった。

胃が痛くなるほどには従いたくないのに、従う以外に選択肢がないフォード。

彼は心の中で死ぬほど祈った。

（どうかその魔道具が偽物《にせもの》でありますように……ナイジェル殿下が変な女に騙《だま》されているだけでありますように……！）

王族が騙されたなど普通ならばとんでもないことであるが、そのほうがよっぽどいい。

この際、我が国を狙っているともっぱらの噂である隣国からのハニートラップでもいい。

普通は絶対にそのほうがいいなどと思わないような事柄も、現実に待ち受けていそうなことに比べればよほどマシに思える。

祈らずにはいられなかった。

セシリアを怒らせることよりも恐ろしいことなど、この世にはないのだから――。

数日後、再びナイジェルに呼び出され向かった先にあったのは両手で包み込めるほどの大きさの水晶のようなもの。

「これが転移の魔道具ですか……？」

人を転移させることのできる魔道具など、フォードは今まで見たことがない。王国一の魔法使いであるヘスでも転移などという高度な魔法は使えないのだ。おそらくそんな魔法が使えるのはセシリアくらいのものだが、彼女は規格外の存在である。

それなのに魔道具で転移ができるなど簡単に信じられることではなく、だからこそ嘘であれ、偽物であれとその可能性かけて祈ることができていた。もしも本当にそんな物が存在するにしても、きっとその魔道具を使うためには莫大《ばくだい》な魔力が必要に違いない。

（だから、もっと大きな物を想像していたんだが……）

その小ささに、そんな場合ではないと思いつつもどこか感慨深い思いを抱く。セシリアの魔道具を思い出したのだ。

（まあ、さすがにセシリア様の魔道具の足元にも及ばないけど。それでもすごいな）

フォードはふと気付いた。

（ナイジェル殿下もヘスも、セシリア様の魔道具に慣れ過ぎて麻痺してるんじゃないか……？）

セシリアのものとは比べ物にならないとはいえ、この魔道具も十分すごい。正体がはっきりと分からない者がこんな高レベルな魔道具を持っていることを、普通なら訝しむべきだ。

「ところで、この魔道具を使って魔界から逃げてきたという女性はどこにいるんですか？」

「そういえば、魔道具の使い方を教わった少し後から姿を見ていないな」

「え⁉」

「体調が優れないと言っていたし、おそらくどこかで静養しているのだろう。魔界での経験がよほどひどいものだったらしく、話を聞こうとすると怯えてしまうため、詳しい事情は聴けていないんだ」

「ええっ」

フォードはつい驚きの声を上げる。

（いやいやいや、やっぱりめちゃくちゃ怪しいって〜〜〜！　詳しい事情も知らないのに、なんで普通に信用してんの⁉　こんな魔道具持ってるだけでも怪しいのに！）

しかも、この魔道具で行うのは転移。最悪、転移の途中で身体がバラバラになったり、どこか異空間に飛ばされて二度と出られなくなったり、ひょっとして時空を超えて違う時間軸に行ってしまったり――それはちょっとだけ楽しそうだなと思ってしまった。もしそうなったらぜひセシリアのいない時代に行きたい――するかもしれない。

いや、そもそもこの水晶が本物の転移魔道具である保証もないのだから、魔力を込めた瞬間に全員爆散してしまう可能性だってある。

怯えるフォードに気付いているのかいないのか、ヘスは力強く頷いて見せた。

「もちろん、この魔道具の検証はしたよ。ためしに極近距離の転移を実行してみた。近い距離なら込める魔力は少しでいいし、少しの魔力で魔道具を起動するなら、最悪何か不測の事態が起こる気配を感じた時点で、僕ならば強制的に魔力を相殺して魔道具の起動をキャンセルすることができるからね。その結果、この魔道具は本物であることが分かった。素晴らしいよ、こんなものを使える日が来るなんて、魔法使いとしても夢みたいだ」

もちろん、一番の目的であるセシリア奪還が叶うのが何よりも嬉しいのは変わらないけどね。そう続けたヘスの自信満々な表情を見て、フォードは悟った。

これは、本当に本物の、世にも貴重な転移ができる魔道具なのだと。

そしてそれはすなわち、フォードの必死の祈り聞き届けられることはなく、一番回避したかった「セシリアの邪魔をする行為」からは、もう逃げられないのだと――。

（せめてどうにか、生きて帰りたい……！）

第13話　聖女、魔王の幼馴染《おさななじみ》に震える

魔界での暮らしにもすっかり慣れ、私はラフェオン様と同じ空気を吸って生きているこの生活をすっかり気に入っていた。

それは間違いない。間違いないのだけれど……。

「由々しき事態だわ……」

「セシリア様？　どうなさいましたか？」

現状を憂う私の様子を見てロッドが即座に反応する。

「はっ！　まさか、またもやセシリア様の平穏な生活を脅《おびや》かす愚か者が現れましたか⁉」

「いいえ、そうではないわ」

顔色を変えたロッドの言葉に、床に正座しているダーリスがびくりと肩を揺らした。

私に天罰を下されて改心した（？）ダーリスは、私のしもべになりたいと言い始め、こうして私の部屋の床に正座するようになったのだ。なんで？

正直いうと最初はこのダーリスの行動、かなり鬱陶しかったのよね。

魔王弟イルキズが「ずるいずるい！　俺もセシリア様の絨毯《じゅうたん》になって踏まれたい！」と喚

いてうるさいので迷惑だなあ～と思っていたし、それ以上に単純に不思議で。

あんなに私のこと嫌っていそうだったし怯えていたようだったのに、どうしてしもべになりたいの？　と至極当然の疑問をぶつけると、ダーリスはぶるぶる震え始めた。

「あなた様の側にいるのが……一番命が守られることに気付いたのです……ほ、本当に申し訳ございません！　何度でもお詫《わ》びしますので、どうか愚かな俺をお許しください！　へ、へへ！　ほら、こうしてずっと正座してますんで！　しびれた足先とかも全然遠慮なく踏んでもらって大丈夫なので！　何とぞ！」

「お前の足なんか踏まないわよ」

どうしよう、イルキズとは別の方向におかしな進化を遂げてしまったようだわ……。

とはいえ魔族はみんなラフェオン様の愛すべき民であり臣下である訳だから、こういうのを受け入れる心優しい一面を見せるのも必要かと思い直し、今もこうして正座を許可している。

それに、私の近くにいるということは、ラフェオン様をお見かけする機会も増えるということ。

あの初デートお邪魔事件の時にラフェオン様に名前を呼ばれたことに何かしら思うところもあったようだけれど、その程度ではラフェオン様のよさを理解するにはまったく足りない。

なので、ある意味いい機会かもしれないなと思ったのだ。

だって、ほら、ラフェオン様っていつ見ても素敵だし、見れば見るほど好きが増えていくような方だもの。

まあ、どれほどあの方を好きになっても、この私の抱く愛情の足元にも及びはしないけれどね！

そうは思いつつもあまりにおかしいダーリスの様子に困惑していると、ノンナが教えてくれた。

どうやら私に天罰を下された例の件で他の魔族たちに睨まれ責められ、命の危機を感じるほどに大変らしい。

へえ？　魔族も話の分かる者がなかなか多いみたいね。

他人からどう思われているとかは正直どうだっていいのだけれど。

とはいえラフェオン様からの印象を考えると、よく思われているに越したことはないので結果は上々といえるだろう。

聞くところによりと、一部の魔族の間では私は随分神格化されているんだとか。

ラフェオン様が私を側に置くことに後ろめたさを感じないようにと、それだけのために認めさせる行動をとった訳だけれど。やったかいがあったわ。

まあ中にはいまだに私をよく思わない者もいるようだけれど、人間であり聖女である私を受け入れがたいと思う者がいるのは当然だ。

誰からも好かれる者などいやしない。むしろ、強烈な好意と強烈な敵意は表裏一体。無関心に、取るに足らない存在だと思われるよりは嫌われているくらいのほうがよほどいい。

それに、アホ面騎士が突撃してきた時のようにラフェオン様から心配してもらえるかも……！　そう思えば、私への敵意や嫌悪など恋のスパイスにしかならないわ！　むしろ感謝を伝えたいほどよ！　ふふふ！

だから本当に、私をよく思わない者に悩まされている訳ではない。

ロッドはよほど私の快適な暮らしを守りたいらしく、心配そうに見つめてくるけれど。

「それでは、何をそんなに気にしておられるのですか？」

私はついに深刻な悩みを打ち明けた。

「あのね……ラフェオン様へのアピールが全然足りていない気がするの……！」

「なるほどアピールが……」

「は？」

神妙な顔をしたロッドが理解を示すような反応をしてくれた後ろで、ダーリスが驚いたように顔を上げる。

「アピールが足りない？　あ、あれで……？」

などと呟いているのが聞こえる。まったく、恋のなんたるかが分かっていない役立たずは本当に使えないわね。

「とはいえ、セシリア様は日々ラフェオン様に好意を伝えられているように見えますが」

「そう、そこは抜かりないわ。毎日毎秒この瞬間の思いの丈を隙あらばぶつけねばと思っているから。伝えても伝えても足りないのだけれど」

伝わっていないとは思わない。だけど！

「ラフェオン様、私からのアピールにすっかり慣れてしまっていない？」

そう、問題はそこだった。最初は戸惑ったり嫌そうにしながらも頬をほんのり赤らめたりしてくれていたラフェオン様。しかし最近は私の渾身《こんしん》の愛の告白や求愛行動にまったく動じなくなってしまっているように見えるのだ。

「何か劇的な一手が必要だわ！」

とはいえ、その方法がすぐに思いつくならばこんなにも頭を悩ませてはいない訳で。

「ねえロッド。ラフェオン様はどんな女性がお好きかしら？」

そもそも私はラフェオン様に劇的な出会いで急速に恋に落ちてしまったため、ラフェオン様についての情報がまだまだ不足している。

食べ物や花の好みなんかはキャスやデイミアン、ノンナのおかげで知ることができているけれど、全然足りない。おまけに一番大事な『女性の好み』という情報についてストレートに聞いてみることをすっかり忘れていた。私としたことが。

もちろん、どんな女性が好みでも最終的に私を愛してもらうつもりではいるものの、少しでも今後のヒントになればと思って質問したのだ。

しかし、ロッドは難しい顔で悩み始めてしまった。

「ラフェオン様の女性の好みですか……これまでラフェオン様が女性に興味をお示しになったことは一度もないのです」

「そうなの？」

「魔族の一般的な価値観と、ラフェオン様が掲げる理想がかけ離れていたこともあり、あの方はずっと苦労されていたので、そのような余裕がなかったとも言えますね。とはいえ本当にどのように魅力的な女性を前にしても感情を動かした姿を見たことはありません」

「それってつまり、初めて反応を示したのが私ってこと……⁉」

だって、初めて会った時からラフェオン様は盛大に驚き、戸惑い、ひっくり返っていたもの。あれはどう見てもおおいに感情が動きまくっていたわよね？

つまり、ラフェオン様の好みは……私！

頭の中でリンゴンリンゴンと二度目の祝福の鐘が鳴り響く――。

私とラフェオン様の恋の炎が魔界を焼き尽くしてしまうのも時間の問題かもね。

しかし、それならやっぱり、ここは劇的な一手で関係をガツンと進めたいところだわ。

そうして気分よく、次はどんな方法でアピールしようかしらと考えていたのだけれど――。


嵐は突然やってきた。

「あなたね？　わたくしのラフェオンに付き纏っている子ネズミは」

魅惑の女性魔族の突然の攻撃！

……誰よこれ？

その女性魔族は私よりも背が高く、豊満な体を持ち、大きな目元には色気をかもしだすほくろがある。唇もふっくらとしていて、なんとも魅力的な容姿をしている。

ただし、今は怒りを含んだ目が吊り上がっていて、とても恐ろしい形相になっているけれど。

うわあ、怖い。イメージ通りの魔族の女って感じね。一番接する機会が多いのが可愛らしいノンナだから忘れていたけれど、そういえば人間界でも魔族の女性はとても美しく、そして恐ろしいのだとよく言われていたんだった。

さて、それはどうでもいいのだけれど。

「『わたくしのラフェオン』とは、一体どういうことでしょうか？」

問題はそこだった。とてもじゃないけれど聞き流せない。

ラフェオン様がお前の？　は？　そんな訳がないでしょうが！

だってロッドが言っていた。ラフェオン様は女性との関わりなどなかったって。

そのロッドがしれっと私に近付き、こっそり耳打ちしてくる。

「セシリア様、申し訳ございません。この方の存在を失念しておりました」

「は？」

「この方はラフェオン様が幼い頃から交流を持っていた貴族家のご令嬢で、いわゆるラフェオン様の幼馴染《おさななじみ》のギゼラ様です」

「は……」

お、幼馴染ですって!?

幼馴染といえば、あれよね。小さな頃から側にいて、お互いのあらゆる初めてを知り、どんな経験も隣で過ごし、誰よりも心を理解しあっていて、時にはその距離の近さでお互いの大事さを見失ってすれ違ってしまう、そんな、恋愛小説によくあるヒロインのポジション。

それが、幼馴染……。

嘘でしょう？　ラフェオン様に幼馴染が？

幼馴染というものが恋敵として側にいてほしくない存在ナンバー1だということくらい、ラフェオン様に出会うまで色恋沙汰にまったく興味がなかった私でも知っているわ!?

いや、ダメよ。いったん落ち着きましょう。こんなところで取り乱してしまってはまるで私がこの幼馴染さんに負けているみたいに見えるじゃあないの。こういう時はひとまず深呼吸よ！

ふう……。

というかこの人、魔族の貴族令嬢なの……いわれてみれば、そこはかとなく品も感じられる気がする。どうでもよ過ぎて気が付かなかったけれど。

しかし、ラフェオン様と無関係ではないというのならば、全然どうでもよくない。

「小さな頃からずっとラフェオンの側で彼から愛されてきたから油断していたわ。まさかわたくしがちょっと魔王城から離れている間に、こんなおぞましい虫が彼の近くを飛び回っていただなんて」

「………」

どうしてロッドは黙っているのかしら。こんなのどうせ嘘でしょう？

そう思うのに、私の視線を受けたロッドはなんとも気まずそうな顔で目をそらした。

衝撃を受けて、頭が真っ白になる。

そんな私の様子に気が付いたのか、魔族令嬢――ギゼラはここぞとばかりにまくしたてる。

やれ、どんな風にラフェオン様と過ごしてきたか、やれ、どんなにラフェオン様が自分に優しく甘いか、やれ、ラフェオン様は自分のどういうところを愛してくれているか――。


そのあとのことはあまり覚えていない。

途中からロッドはいなかったし、私も気が付けば離宮の自室のベッドの上だった。

「あ、ラフェオン様に夜のご挨拶をしにいくのを忘れたわ……」

私は朝と夜には必ずラフェオン様に挨拶をするとともに愛を囁いている。あとはお顔を合わせるたびにも。その他にも少しでも隙を見つけては愛のアピールを欠かさずしている。

だから、夜の挨拶を忘れるなどというとんでもない失態をおかすのは、私が魔界にやってきて初めてのことだった。

◆◇◆◇

思わず呆然として夜の挨拶をすっぽかしてしまった私だったけれど、翌日にはしっかり気を持ち直していた。

だって、よく考えたらロッドが失念する程度の存在な訳でしょう？

ギゼラの言い分をすぐに否定しなかったロッドの態度は少し気になるけれど、彼女が本当にラフェオン様の大事な人ならば、いくらなんでもその存在は今頃とっくに私に伝わっているはずだもの。

仮にロッドが言わずとも、誰かが噂して私の耳に入るに違いない。

人間界にいる頃も、あることないこと随分噂されたものだ。

私はあまりにも愛されていたし完璧な聖女として振る舞っていたので、私自身は好意的に見られることばかりではあったのだけれど。

とにかく、あのギゼラがラフェオン様にとって特別な存在だという事実があるならば、少なからず噂として私の耳にまで届いているはず。

そういう部分は人間界も魔界もそう違いはないのだから。

ノンナやキャスやデイミアンだって、ラフェオン様には私しかいない！　といつも言ってくれているし――……いや、あの三人はなんだかよく分からないくらい私を慕ってくれているから、私贔屓《びいき》過ぎて１００％信用していいかどうか、怪しい部分がないとは言い切れないわね。

いやいや、とはいえラフェオン様の幼馴染ならば、彼の弟であるイルキズとも幼馴染に違いないわよね？　だけれどイルキズもそんなことは一言も言っていなくて――……あれは様子がおかし過ぎてあまりあてにはならないかもしれない。

ダーリスは――……うん、ラフェオン様のこともまともに分かっていなかった者など論外ね。

と、とにかく！　私が昨日までその存在を知らなかったという事実には変わりないもの！

ああ、こんなふうに狼狽えてしまうなど、私らしくない。

きっとしばらくラフェオン様のお顔を見ていないから（※半日前に見ています）、こんなふうによくない思考に陥ってしまうのだわ。

昨日の夜お会いできなくてきっとラフェオン様も少しは寂しく思ってくれているはずだし、早く今日の朝の挨拶に行きましょう！

気を取り直して、私はいそいそとラフェオン様の元へ向かった。

そこで、衝撃的な光景を目にすることになるとも知らずに……。

◆◇◆◇

「——……は？」

私の喉から湧き上がった低い声に、ロッドが震えあがった。

しかし目の前に広がるあまりにも信じられない光景に、そんなことを気にしている余裕はない。

「ラフェオン！　わたくしが話しているのよ？　もっとちゃんと聞いてちょうだい！」

「………」

（ギ、ギゼラ〜〜〜！）

魔族令嬢が私の目の前で、まるで見せつけるように私の愛するラフェオン様にべたべたべたべたと触りまくっているではないか！

何？　これは何を見せられているのかしら？

「セ、セシリア様、お気を確かに……！」

「………」

ロッドが怯えた声でそう言ってくるけれど、気はしっかりしているわよ。むしろいっそのこと今すぐに気絶でもしてしまいたいところなのに、頭はどんどん冴《さ》えていっている。目はギンギンで、視界がくらりともしないことが腹立たしいくらいだ。

それほどに許しがたい光景を目にしているのだから。

ラフェオン様は私の視線が気になるのか、チラチラとこちらを気にするそぶりを見せている。やんわりとその手を避けようとしているようにも見えるけれど、ギゼラはまったく気にせず迫り続けている。

……そうね、彼女がラフェオン様の幼馴染だというのはこの際認めましょう。この雰囲気を見るにおそらく本当なのだろう。

そして、だからこそお優しいラフェオン様はあまり強く拒否することができないのだわ。

そう、きっとそうに違いない。

よく考えれば、幼馴染にもいろいろあるわよね。

本当に幼い頃から親しく、ともに時間を共有して絆《きずな》を育んできた「幼馴染」と、たんに小さな頃に知り合っただけの関係の希薄な「幼馴染（笑）」である。

二人の間に特別な絆があるようには……うん、見えないわね。

ラフェオン様の優しさにつけ込むなど、ギゼラ許すまじ！

ここはひとつ、ラフェオン様の嫁（予定）候補の私が彼女を窘《たしな》めて差し上げましょう。

そう、私は嫁（予定）候補ですからね。目を吊り上げて怒ったりしませんよ。むしろこれはいい機会。近い将来あなたがひれ伏すことになる魔王妃（予定）の余裕を見せてあげるわ！

そう思ったのだけれど。

ところが、私が魔王妃（予定）としての威厳を示すより先に、ギゼラが傲慢な口を開く。

「あら、子ネズミがなんの用かしら？　わたくしとラフェオンは会えなかった時間を埋めるのに忙しいのだけれど？」

「やめろ！」

嫌みたらしい笑みを浮かべるギゼラに、それを窘めようとするラフェオン様。

「………………」

ぴきりと頭の中で音がした。

怒りを鎮《しず》めるのに忙しくて、言葉も出てこない。

そんな私を見て、魔族令嬢はにんまりと唇の端を吊り上げる。

ラフェオン様は睨み合う私とギゼラを見て数秒間頭を抱え……大きくため息をついた。

「セシリア、離宮に戻るんだ」

……は？

耳を疑う言葉に絶句する。

ラフェオン様は今、ギゼラを庇って私に帰るように言ったの？

ギゼラはますます勝ち誇った顔をしている。

「あらラフェオン、いくら邪魔な子ネズミだからって、そんなにはっきり言ってしまっては可哀想《かわいそう》じゃないの」

ギゼラの嫌みたらしい言葉にも、ラフェオン様は何も答えず、私のほうを見ることもなかった。

……まさか、昨日彼女が言っていた話は、本当だというの？　え？　どこからどこまで？

呆然としたままラフェオン様に言われた通り離宮へ戻った。

それから数日、私は離宮に引きこもり考えていた。

ギゼラの言っていたこと、ラフェオン様のこと……。

ノンナやキャスやデイミアン、ロッドが随分心配してくれていたけれど、それに気を使う余裕もない。

私はこれまで自分自身と、自らの考えに絶対の自信を持っていた。

私の力は強大で、心も体も何かに脅《おびや》かされたことは一度もない。暇つぶしにわざと失敗してみることはあっても、本気で信じた選択で間違えたことはないのだ。

だからこの恋心も、自分を信じて突き進めばいつか叶うのだと疑わなかった。

（だけど……そうではないとしたら？）

確固たる自信が揺らいでいく。
今は間違いなく、私の運命の分岐点だった。

第14話　聖女、久しぶりに人間たちと対面する

私が思い悩んでいても時間は止まることなく過ぎていく。

そして、時が流れるということは、事態も変わるということ。

部屋から出ようとしない私をそっとしておいてくれていたロッドが、ノックもせずに部屋に飛び込んできた。

「セ、セシリア様！　人間が、人間がやってきました！」

「……人間が？」

ええっと、どういうことかしら？

私の結界は破られていない。聖獣ルルの時のように結界に何かあればすぐに分かるし、あの時にルルが突き破った穴だって修復した。

ひょっとして、またルルが？　だけど弱ったルルではもう一度同じように穴をあけることさえできないはずよね。

ふと窓辺を見ると、私が自分のことを思い浮かべたことを感じ取ったのか、ぷかぷか浮かぶルルがぶんぶんと頭を振っていた。自分は無関係だとアピールしているらしい。

ご丁寧に私が飾り付けてやったキラキラの翼を見せつけてきている。「僕裏切らないヨ！冤罪《えんざい》だヨ！」とでも言いたげである。心配しなくとも、疑っている訳ではないわよ。

でも、結界が破られた訳でもないのに、どうやって魔界へやってきたというのかしら？

私の結界は魔族が人間界へ通り抜けることができないのと同時に、人間も魔界へ足を踏み入れることができない、両者を弾く強力なもの。

とはいえ私の使う結界の中でもそこまで高いレベルではなく、そこそこのものなので、たとえば転移でも使える者がいるならば結界の影響を受けずに行き来することはできるだろう。けれど人間界にそんな魔法を使える者はいなかったはずだ。

ラフェオン様にも人間がやってきたことは伝えられているらしい。

とにかく、誰がどうやって魔界に来たのかを知りたいわね。目的は十中八九、私の救出といったところだろう。だってほかに来る理由がないし。

はあ……せっかく平和に解決するように、私が犠牲になって人間界は平和になりました！という筋書きを用意してあげたのに……余計なことを……面倒くさい……。

なぜだかどこかでフォードが「セシリア様……もうやめてください……」と泣いているイメージが湧いてきた。そういえばフォードは元気かしら？

フォードは誰よりも長く私と一緒に過ごしていたから、今頃は私の顔が見たくて寂しさのあまりに泣いているのかもしれないわね。

◆◇◆◇

「セシリア様……もうやめてください……！」

人間がやって来たと聞いて出向いてみたら、そこにいたのは久しぶりに見るナイジェル、ヘス、フォードの三人で、フォードがそう言って泣いていた。

あらら、これはなんだかさっき想像した通りの光景ね？

私ってばついに予知能力まで芽生えてしまったのかしら？

なーんて、フォードが私の想像を超える行動を起こさないだけでしかないのだけれど。

「そうだ、セシリア！　私たちが助けにきた！　もう自分を犠牲にするなどということはやめてくれ！」

「セシリア、一緒に帰ろう！」

ナイジェルとヘスもいる。なんだかすごく感情的になっているわ。

うーん、ナイジェルとヘスは私に「自分を犠牲にすることをやめてくれ」と言っているけれど、フォードの気持ちはおそらく違うわね。きっと私の意図を分かった上で「これ以上振り回さないでほしい」と言っている顔だわ。うん、あの苦々しい表情は間違いない。昔からよく見慣れた顔だもの。

それならばここに来る前にナイジェルたちを止めてくれればよかったのに。まったく、役に立たない護衛騎士だわ。

それにしても、私が手を貸した時でさえボロボロになりながらやっと魔王城まで辿り着いた三人が、私抜きでどうやってここまで来ることができたのかしら？

結界がなかったとしても無理だと思うのだけれど……。

「セシリア、これは一体？」

「！　ラ、ラフェオン様……！」

私としたことが！　三人がどうやってここまで来たのか考えることに集中していたとはいえ、あろうことかラフェオン様がすぐ側に来るまで気が付かないなんて！

ああ、それに正直心の準備もできていなかった。数日ぶりにお会いするというのに……。

自分でも驚いたのだけれど、初めて自分の方向性に自信を失って、咄嗟にラフェオン様の目を見ることができなかった。

そらした視線を泳がすのも情けない気がして、なんとなくフォードのほうを見る。

目が合ったフォードはさすが長年一緒にいただけあって、どこか私の様子がおかしいことに気が付いたらしい。しかし感情の機微まではくみ取れないのか、「今度は何を企んでいるんですか？」と言わんばかりの表情を浮かべている。

失礼な護衛騎士ね！　恋する乙女になんて目を向けているのかしら？

睨みつけると、途端に挙動不審になるフォード。

ふん、しばらく会わない間に少しは成長しているかと思っていたけれど、まったく変わっていないようね。

――そんな私たちのやり取りを見て、ラフェオン様がどんな表情を浮かべているかに、私はまったく気が付いていなかった……。

そして私よりももっとこの空気を読めていないのがナイジェルとヘスという訳である。

「セシリア、もう大丈夫だ。私が君を助ける！　この命に代えても！」

「僕もいるよ！　もう二度とセシリアを一人になんてさせないから……！」

あああ～～。すっごく面倒くさい！　助けられないといけない状況になんてまったくなっていないし、魔界に来てから一人になった時間なんてほとんどない。最近は引きこもっていたけれど、みんなかわるがわる私の様子を見に来ていたのも気付いていたし。

ナイジェルもヘスも、とんだ的外れだ。

うんざりした気持ちを隠しきれなくなりそうな私に向かって、フォードがぶんぶんと首を振っている。さすがにそれはやめてあげて！　というところだろうか。

しかし、いつまでもこんなことをされていては私も困る。これではラフェオン様の迷惑になってしまうじゃあないの！

「はあ、まさか、ナイジェルたちが私のためにここまでするなんて……」

それはつい零れた本音だった。

ナイジェルたちだって自分の命が大事だし、自分の命と人間界すべての平和のためならば私のことは泣く泣く諦めてくれると考えていたのだけれど、どうやら私は読み間違えていたのかもしれない。

……あら、私はラフェオン様のこと以外で間違えたことはないと思っていたけれど、そうでもなかったのかしら。

人の心、恋とは難しいものね……。なんて、つい感慨深くなってしまう。

私は彼らの私を想う気持ちの重さをはかり違えていたのかもしれないわ。

「人間界に戻るべきなのかしら……」

こんなことになるのなら、あの時三人だけを送り返すのではなく私も一緒に一度人間界に戻り、死の偽装でもして魔界に戻ったほうが事はスムーズに進んだのではないだろうか。

今からでも人間界に戻り、面倒なことをすべて片付けてしまったほうがいいのかも、なんて考えまで浮かんでくる。

悲劇のヒロインぶって犠牲になる（ふりをする）ほうが演出として美しいと思ったのだけれど。（それに、一秒だってラフェオン様と離れたくなかったし……）

あの時の私はラフェオン様に、雷が落ちるかの如《ごと》く恋に落ちたものだから、冷静な判断ができていなかったのかもしれないわね。

最近の考え事も相まって、つい深いため息が口から漏れ出る。

――人生で珍しく余裕をなくした私は、そんな私の悩める独り言を聞いて、ラフェオン様がぴくりと肩を震わせたことにもまた、気付いていなかった。

さて、どうしたものかしら。

私を取り戻すと熱くなっているところ申し訳ないけれど……もしも人間界に戻るとしても、この状況の中で「ナイジェルたちが聖女セシリアを取り戻す」という筋書きを描くにはちょっと難し過ぎるわよね？

人間界ともできれば共存していきたいと考えているラフェオン様の思想を思うと、ここで戦いになるのはもってのほかだし、魔王に人間が勝ったなんて構図を嘘でも与えてしまえば人間側が調子に乗ってまたもや「魔王討伐！」とか、へたすると「魔界侵略！」などと盛り上がってしまうのも簡単に想像できてしまう。

やっぱり、前回と同じように、今は敗北を突き付けて人間界にさっさと送り返すのが得策かしら。

「はあ……」

いつもならすぐに最善のストーリーを用意できるのに、今は頭の中がラフェオン様でいっぱいで、いいアイディアがすぐに浮かんでこない。こんなの初めてだわ。

恋とは人を弱く、愚かにさせると聞いたことがあるけれど、本当だったのね……。

悩んで悩んで……なんだかぷつんと糸が切れた気がした。

（あ。本気で面倒くさくなってきた）

なんかそれっぽくしておけば、後はフォードがどうにかうまいことやるでしょう。

当のフォードは私の不穏な期待を感じ取ったのか、またもやぶんぶんと首を横に振って
「頼むから自分に丸投げなどしないでくれ！」とアピールしているけれど、そんなことは気にしない。

私の護衛騎士はやるしかない状況になればやる男なので。伊達《だて》に長いこと私の側に仕えていないのである。

私にこんなにも信頼されていることを感謝してほしいわよね？

雑に方針が決まったところで私は大きく息を吸い、完璧聖女モードで声をはる。

「ナイジェル様、ヘス様、そしてフォード……私のためにここまで来てくださったのですね。なんて、無茶をして……私は皆様が私のために命の危機に晒されるなど耐えられない」

ウッとウソ泣きをして手で顔を覆うと、焦ったような空気をわずかに感じる。

「見てくれ、セシリア！　私たちはどこも傷付いていないだろう？　天も我々に味方したんだ！　君のことも、誰のことも傷付けずにともに帰ることができる！」

……そのことについては私も気になってはいたのだ。

本来ならば私の力抜きでは彼らはここに辿り着くこともできないはずなのに、確かに彼らは傷ひとつ付いていないように見える。

「だからセシリア！　とにかく君は何も心配せずに僕らの手を取ってくれ！　人間界の平和については、そのあとに皆で考えればいい！」

こちらに手を伸ばすヘス。

そこには失敗する可能性など少しもないという自信がうかがえる。ヘスは分かりやすいところのある人だから、これは私を安心させるために言い切っている訳ではなく、おそらく本気なのだろう。

つまりこの手を取ればすぐに人間界へ帰れるということではないだろうか。

でも、どうやって？

怪訝な顔が不安そうな表情にでも見えたのか、ヘスが何かを手に高く掲げる。水晶のように見える。

あれは……魔道具？

おそらく起動に使ったのであろうヘスの魔力も感じるけれど、それとは別の強い魔力が込められているわね。魔道具の魔法から感じる。これは魔族の魔力？

つまり、魔族の誰かがあの魔道具をナイジェルたちに渡したのだ。

（……へえ）

おイタをしたのが誰かなんてこの際どうでもいい。からくりが分かれば十分。これ以上ナイジェルたちの様子を見る必要もないわね。

私はそっとラフォン様に近付く。

「ラフェオン様、彼らはどうやら今ヘスが手にしている魔道具でここに転移して来たようです。あの魔道具は魔族の物ですね」

「何？　それは確かか？」

「はい。人間界では手に入りようのない代物ですし、込められている魔法の魔力も魔族の物で間違いありません」

「…………」

「今からあの魔道具を使って強制的に彼らを送り返すとともに、魔道具を破壊しておきます。魔族の物を勝手に壊すことになりますが、いいですか？」

「……ああ」

「では」

そんなことはないだろうとは思いつつも、もしもあの魔道具がラフェオン様にとって必要な物だったら大変ですからね。よかれと思ってうっかり愛する人の意に沿わないことをしてしまうなんてことになれば目も当てられませんから、確認は大事です！

報告もしたし、許可もとった。

さて。

ナイジェルたちに向き直り、久々の完璧聖女モードに切り替える。

「ナイジェル様……私はまだ帰る訳にはいきません」

「なっ……！　なぜだセシリア！」

ここでポイントは「帰れない」でも「帰らない」でもなく、「帰る訳にはいかない」という言葉を選んだこと。前者二つの言葉遣いをした場合、妙に前向き思考なナイジェルたちが

「セシリアは遠慮しているんだ！」などと勘違いしかねないもの。

状況的にそれ以外の選択肢はないと教えることは大事である。

あとはフォードが上手く誘導して、むやみやたらに私を取り戻そうなどとすることはなくなるだろう。

それに、人間界に帰るにしても、私は自分の意思で帰るタイミングを決める。

今彼らと一緒に帰ったとしても、そのあとは今まで以上に過保護にされて自由に動きづらくなることが目に見えている。ただでさえ人間界での窮屈でつまらない毎日にうんざりしていたのに、そんなのは絶対に嫌。

まあそんなのはすべて関係ないと無理やり魔界に戻ることはもちろんできるけれど、命の危険があると知りながらここまでやってきたナイジェルたちの気持ちも少しは汲んであげたいし。

「どうか、私の願いを叶えて……あなたたちには幸せになってほしいのです！」

祈るように手を組んで、目を潤ませて懇願する。

そんな私をいつの間にか顔を連ねていたアホ面騎士が目をむいて見ている。あいつは後でお仕置き決定ね。

ナイジェルたちからは見えない位置でルルがこっちをチラチラとうかがっている。

あなたも彼らと一緒に人間界に帰る？　と目で聞いてみたけれど、嫌々と首を振っているのであの子は放置でいいだろう。

じゃあAとは本当にもう気にすることはなさそうね。

祈りのポーズを取り、さりげなくヘスが手にしている魔道具に向かって魔力を送る。普通は魔道具を起動するためには手で触れている必要があるけれど、私ならば遠隔操作することだって簡単にできる。

転移発動後、魔道具を破壊する魔法式を組み込むことも忘れない。

そうね、ついでにもう同じ類《たぐい》の魔法を発動できないように、ヘスに呪いをかけておきましょう。

（えいっ！）

……よし、これで大丈夫ね。

「どうか、皆が平穏に暮らせますように……私は大丈夫です。私さえ魔界にいれば、人間界に手出しはしないと魔王様が言ってくださいました」

私の言葉にラフェオン様が何を言っているんだと言わんばかりに目をむいた。

どうか今は私の話に合わせてくださいね！　こうしておくのが一番穏便にすむので。

「もちろん、私の命を脅かすこともしないと約束してくれました。だから、大丈夫……私は聖女ですもの。きっと魔界で幸せになってみせます」

涙を浮かべ、微笑みかける。

ちょっとうまい設定が思い浮かばず、適当に曖昧なことを並べたて過ぎている気もするけれど、もう面倒くささが勝ってしまっている。

いまさらナイジェルたちに納得してもらうとか、私にとってはどうでもよ過ぎてやる気が出ないのだ。そんな暇があるならラフェオン様のことだけ考えていたいし。

(フォード、あとはよろしく！)

バレないようにフォードに向かってウインクをすると、慣れ親しんだ護衛騎士はついに頭を抱えてしまった。

はたから見れば私を連れ帰れなかったつらさのあまりにそうしているようにも見えるので、まあよしとしよう。

そうして喚き続けるナイジェルたちをよそに、魔道具に転移の魔法を叩き込む。

ちょっと美しい演出でもしてあげようかな、と、涙をひとつ零すとともに魔法を発動させた。

「セ、セシリア、ダメだ！」

ナイジェルが悲痛な叫びをあげる。

「セシリア、僕は君を置いてなど行きたくない！」

ヘスはこちらに向かって必死に手を伸ばす。

「こ、こんの、セシリア様めーっ！」

……もしもフォードにまた会う機会があったらお仕置き必須ね。


転移魔法が展開され、魔道具である水晶から強い光が放たれる。呪いまで込めたからかちょっと魔力が強かったかもね……眩しい！

光が収まったあと、ナイジェルたちの姿はすっかり消え去っていた。

こうして人間襲撃事件はあっけなく終わった。

魔道具の出所について、あやふやにしたまま……。

第15話　魔王、モヤモヤする

以前セシリアとともにこの魔王城に辿り着き、彼女に飛ばされて消えていった人間たちが再び魔王城に現れた。

今回もまた、すぐにセシリアに強制転移させられていなくなった訳だが……。

あれから数日。ラフェオンは言いようのない気持ちの悪さを感じていた。

――セシリアの様子がおかしいのである。


「セシリアは今日も離宮にこもっているのか？」

「はい、こちらにはいらしていないようです」

ロッドはラフェオンの心情をよく分かっていた。

ラフェオンが本当に気になっているのはセシリアが引きこもっているかどうかではなく、セシリアが今日も自分に会いに来ていないのか？　ということなのだから。

あれほど毎日毎日飽きもせず、鬱陶しいほど自分に纏わりついて愛を叫んでいたセシリアが自分の前に姿を現さなくなったことに、ラフェオンは戸惑っていた。

セシリアがつき纏い始めた時にはあれほど困惑していたにもかかわらず、いつの間にかその行為を日常として受け入れてしまっていたらしい。

(これは、セシリアと顔を合わせないことに何かを思っている訳ではない。ただ、あまりに突然態度が変わったことが気持ち悪いだけだ)

誰にともなく心の中で言い訳じみたことを考えていることさえ無意識だった。

執務の合間に一息ついた際。食事後のお茶を楽しんでいる際。一日の終わりに、眠りにつくために目を瞑《つむ》った際……。

ラフェオンはことあるごとにセシリアのことを考えてしまうようになっていた。

セシリアは離宮にこもっているとはいえ、まったく外に出ない訳ではない。執務の合間に覗いた窓の向こうにセシリアの姿を見つけることもあった。しかし、そんな時に見えるセシリアの表情もどこか浮かないもので、どうにも元気がないようにみえる。

(まさかあのぶっとび聖女、体調を崩している訳じゃないだろうな？　いや、あのセシリアのことだ、そんなことはありえないか……。体の不調など起こる前に自分自身の治癒能力で解決してしまうに違いないしな。とはいえ、魔界での生活は人間界とはやはり違うものだろうし、慣れてきた今になって心身に不調が現れたとしてもなんらおかしなことではない。いや、しかしあのセシリアがそんな繊細さを持っているのか？　だが——)

「……ま、……ン様、――ラフェオン様！」

「っ！　……なんだ」

呼びかけにも気付かないほど深く考え込んでいるラフェオンを見て、さすがのロッドもため息をつく。

「ラフェオン様、そんなにも気になっているのでしたら、ご自分からセシリア様のところへ会いに行かれてはどうですか？」

「……なんのことだ」

「セシリア様はラフェオン様が会いに来てくれたら、きっと喜ぶと思いますよ」

「…………」

そうだろうか。

セシリアのことを考える中で、ラフェオンの中に浮かんでは消え浮かんでは消えと離れてくれないひとつの考えがあった。

――ひょっとしてセシリアは、人間界に帰ろうか迷っているのではないだろうか。

『人間界に戻るべきなのかしら……』

自分を連れ帰ろうと魔界にまでやってきたナイジェルたちを見て、セシリアが呟いた一言が忘れられない。

それに、話をしている途中にも、セシリアは思い悩むようにため息をついたり、まるで胸の苦しさがこらえきれないといわんばかりに苦々しい表情を浮かべたりもしていなかっただろうか。

思い出せば思い出すほど、セシリアが人間界に帰りたがっている気がしてきてならないラフェオン。

結局あの時セシリアは最初に魔界に居座った時と同じように、ナイジェルたちだけを送り返し、魔界に残る選択をしていた。

しかしそれは、あの瞬間に決断しかねただけだとしたら?

あれからずっと、人間界に帰ることを考え続けてもの思いに耽《ふけ》っているのだとしたら?

だって、ラフェオンでも驚いたのだ。すべてがセシリアの思惑通りだったとはいえ、そんなこととは知らないはずのあの人間たちからすると、魔王城から命を落とすことなく逃げおおせた前回は奇跡のようなものだったはず。それなのに、彼らはまたこの魔王城に姿を現した。今度こそ生きて帰れるかも分からないというのに。

きっと、それほどセシリアのことを大事に思っているのだ。それこそ、自身の命の危険をいとわないほどに。

そんな、自身への大きな愛を目《ま》の当たりにしたセシリアの心が揺れ動いたとしてもおかしくはない。

……もしも、今この瞬間にフォードがラフェオンの心を読めたとしたならば、きっと叫んだことだろう。「セシリア様がそんなに情の深い人だったらわざわざ俺たちを送り返す時にボロボロの瀕死《ひんし》状態になんてできる訳がないでしょう！」と。

しかし残念ながらここにフォードはおらず、ラフェオンは彼と話したこともない。

そのため、ラフェオンの思考の迷走は止まらない。

――セシリアが、人間界への、あの人間たちへの想いで頭がいっぱいで、俺のことなど忘れてしまっているのだとしたら？

ラフェオンは咄嗟に胸を押さえた。なぜだかひどく痛む気がしたからだ。

元来お人好しなラフェオンはそれを気のせいであると振り切り、ロッドの進言通りセシリアに会いに行くことに決めた。

（もしもセシリアが人間界へ戻りたいと思っているのなら、そうしたほうがいいに決まっている。迷いがあって悩んでいるのなら、背中を押してやろう）

しかし、ラフェオンのそんな考えが実行に移されることはなかった。

会いに行った離宮の中のどこにも、セシリアの姿は見つからなかったのだから。

もぬけの殻である離宮を見て、ラフェオンは呆然とした。

(まさか、もうすでに人間界へ帰ったのか？　……俺に一言も言うことなく？)

そしてすぐにハッとする。今自分は何を考えた？

そもそもセシリアは勝手に魔界に残り、勝手に魔王城の隣に離宮を建てて居座っているのだ。改めて整理するととんでもない事実であるが。

そんなぶっとび聖女セシリアの行動として、勝手に人間界へ帰ることを決め、ある日突然魔界からいなくなってしまったとしても、なんら不思議ではない。

「ま、魔王様……！」

セシリアのいなくなった離宮には彼女の使用人として側に仕えていたノンナがいた。彼女はラフェオンを見つけるとすぐさま駆け寄り、肩を震わせる。

「セ、セシリア様が、セシリア様が出て行ってしまいました！」

信じたくないと震えつつ、そう報告するノンナ。

(――ああ、やはりそうなのか)

セシリアが出て行ったことが確信に変わった瞬間である。頭にガツンと殴られたような衝撃が走るが、かろうじて表情には出さなかった。

そのまま、ラフェオンはなんでもないような顔で頷いた。

「ああ、そのようだな。おそらく人間界へ帰ったんだろう」

ラフェオンのその平然とした様子にノンナは絶望した。セシリアが戻るのを待ち望んで彼女の好物を作り続けているデイミアンも、余計なことを考えないようにと庭園の雑草むしりに無心で励むキャスも、今この場にいたならばきっとノンナと同じ感情を抱くに違いない。

「ラフェオン様、ひどいです！　どうしてセシリア様を蔑《ないがし》ろにして、あんな人を選んだんですか⁉」

「……は？」

セシリアを慕っていた使用人が嘆くのは理解できるが、予想外過ぎる言葉が飛び出してきて一瞬反応が遅れてしまった。

それに構わず、ノンナはさらに喚く。使用人の魔王に対する態度としてはなかなか不敬ではあるが、そんなことを気にする余裕もないほど興奮しているらしい。

「セシリア様はあんなに一途にラフェオン様をお慕いしていたのに！　あの素晴らしい聖女様にこんな仕打ちが待っているなんて、おいたわしや……ウウッ！」

「待て待て待て待て！」

泣き崩れるノンナを前に、ラフェオンの頭に浮かぶ疑問符は増えるばかりだ。

「一体どういうことだ……？　あんな人を選ぶとは、誰のことを言っている？」

　ノンナがラフェオンに向ける目が、人でなしを見るそれになる。

「ラフェオン様の幼馴染様ですよ！　セシリア様にマウント取りまくって、セシリア様に暴言吐きまくって、セシリア様を傷付けた！　あのいけすかないご令嬢です！　ラフェオン様はお相手にしていないのだと思っていました。まさかセシリア様を捨てて選ぶほどあの方に心を許していたとは！」

「いや、待て待て！　まさか彼女はセシリアに会いにこの離宮にまできたのか？」

「そう言っています！」

（いや、それは今初めて聞いたが!?）

　ラフェオンは心の中で絶叫した。自分の預かり知らぬところでセシリアが攻撃されていた事実に、さあっと血の気が引いていく。

　なんてことをしてくれたのだという気持ちが湧き上がる。いろんな意味でだ。本当にいろんな意味で……複雑な胸中で考えはごちゃごちゃと混ざり合い、混乱する。

　魔族令嬢――ギゼラ・エラルドは、ラフェオンにとって『幼馴染といえば、幼馴染といえるのか？　確かに幼い頃から知っているのだから、そういわれればそうか……』くらいの認識の存在である。

もちろん、彼女を愛しているだとか、特別な感情を抱いたことなどはこれまでに一瞬たりともない。

その上、エラルド家は過激派で、いつもラフェオンを追い落とすべく策略を巡らせているような存在で、表立って何かがある訳ではないものの、長く緊張状態が続いていた。

ラフェオンはできる限り争いごとを避けたいと考える平和主義者である。ギゼラを無下にはしないことで、その間この微妙な均衡が保たれるならば、と好きにさせていただけだったのだ。

さらに言えば、鬱陶しくはあるが、わざわざ苦労してまで遠ざけるほどの興味もないというのが正直なところだった。


（そういえば……）

自分に会いにセシリアが魔王城に来た際、ギゼラと鉢合わせてしまったことがあった。人間たちが魔王城に再び現れる少し前のことだ。

憎らしいことばかり並べるギゼラの様子はいつものことであり、相手にせずに放置することに慣れきってしまっていたラフェオンはその時も好きに言わせていた。

そんな中で顔を見せたセシリアに、離宮へ戻るように告げた。

（あの時、セシリアはどんな顔をしていた……？）

ひどくショックを受けたような、そんな顔をしてはいなかったか。

いまさらそのことに思い至り、胃の底が重くなっていく。

まさか、セシリアがそんなことで傷付くなど思いもしていなかった。

エラルド家の影響力は決して弱いとは言えない。もちろん、ラフェオンがその気になれば抑えられないものではないが、少なくとも今のパワーバランスは多少崩れてしまうだろう。

そうなった場合に生まれる鬱憤《うっぷん》が、暴力や破壊に向かったら？

そんなことを考えると、ギゼラを無理やり引き離すことは望ましくないように思えていた。

だから、セシリアに甘えたのだ。

そう、甘えだった。セシリアにはあとで話をしよう。セシリアならば話せば分かってくれるだろう。

いつの間にか、意識せずラフェオンはセシリアのことを信頼していたのだ。

……あと、あのまま二人に会話させていたら、セシリアが暴れそうだったので……。

セシリアが暴れればきっとギゼラは無事ではすまない。ラフェオンとしてはそのこと自体は割とどうでもいいのだが、人間であり聖女であるセシリアが実際に魔族を、それも権力をもつ魔族の令嬢を傷付けたとなれば……他の魔族がどのような目で彼女を見るか分からない。

ラフェオンは何よりもそれを危惧していた。

そしてギゼラが傷付けられたとなればエラルド家がどんな手を使ってもセシリアを排除しようと動くだろう。いまだ広く影響力を持つエラルド家に目をつけられれば、いくらセシリアでも魔界での居心地が悪くなるに違いない。そう考えたのも事実だ。

しかし、そんなあれやこれやはすべて言い訳でしかない。

事実はひとつ。セシリアがラフェオンの言動に傷付き、絶望したことだけなのだから。

「それは、いくらセシリアでも、俺に何も言わずに人間界へ戻ってもおかしくないよな……」

ははは、と乾いた笑いがこぼれる。

ラフェオンは自分の胸に走る痛みの正体が一体なんなのか、いまだはかりかねていた。

第16話　魔王、怒る

「ラフェオン様、本当にこのままでよろしいのですか……？」

ロッドがおずおずと口にする。

その目の前にはいつもとなんら変わらず執務に集中するラフェオンの姿があった。

「なんの話だ？」

「分かっておられるでしょう？　セシリア様のことです！　このまま、みすみすセシリア様を手放してもよろしいのですか⁉」

とぼけたような返事にロッドもつい声を荒らげるが、ラフェオンの表情は変わらない。

「手放すも何も、別にセシリアは俺のものだった訳ではない。そもそもセシリアが魔界にとどまっていたのも、彼女が勝手に住み着いていただけだしな」

「ラフェオン様……」

ロッドの悲しげな声がポツリと落ちても、ラフェオンは顔を上げることはなかった。

「ラフェオン様！　どうかセシリア様を連れ戻してください！」

「ラフェオン様！　セシリア様がいなくちゃ僕、もう寂しくて死にそうです……！」

「ラフェオン様！　本当はあなた様もセシリア様にこの魔界にいてほしいと思っているんじゃあないですか⁉」

ノンナやキャスやデイミアンが毎日のようにラフェオンに訴えかけるが、そんな声もラフェオンには届かない。

三人は絶望した。ラフェオン様の人でなし。誰よりも優しいくせに、こんなのってない。誰よりもひどいじゃないか。

健気《けなげ》な使用人たちは、優しさとひどさは時に両立するのだと思い知った。

「おい、セシリア様を追い出したって本当か⁉　何考えてんだこの腑抜けが！　お前みたいなやつが我が兄などと本当に腹立たしい。あんなにも素晴らしい存在がほかにいるなら今すぐにこの俺様の前に連れてきてみやがれ！」

言っとくけど、あのエラルド家のいけすかねえ令嬢を連れてきた時点であの女を塵《ちり》ひとつ残らないように消し飛ばしてやるからな！　と続けるイルキズは、発する言葉こそ強いものの、べしょべしょに泣いていた。

愛情がちょっとおかしな方向に歪んでいるだけで、セシリアのことを本気で心から慕っているので。

セシリアがこの姿を見ればドン引きするだろう。しかしイルキズはドン引きされたいのである。

そんなイルキズには理解できなかった。

「俺が追い出したんじゃない。セシリアが自ら出て行ったんだ」

あんなにセシリアに好意を向けられていたくせに、平然とこんなことをのたまう自分の兄のことが。

平和主義などと言っているが、自分よりよほど冷酷ではないか。

セシリアと直接関わりのある者たちがひっきりなしにやってくる。しまいには、セシリアにアホ面騎士と呼ばれていたダーリスまでラフェオンの元にやってきた。

「あの……セシリア様って本当にもう戻ってこないんですか？」

セシリアがいなくなったことを一番に喜びそうなのに、意外にもその瞳は不安げに揺れている。おずおずとしたその態度に、街でラフェオンを罵倒してきた勢いはどこにもない。

ダーリスだけではなく、自分の元に来る者たちと接するたびに、セシリアが彼らを変えていったのだと実感する。

「セシリアは自分の意思で人間界へ戻ったんだ。ここへ現れた人間たちを見ただろう？　あれほど強く、深く想われているのだから、セシリアが帰りたくなるのも当然だしな。それにそのほうが彼女にとっても幸せだろう」

そんなふうに言われてしまえば、ダーリスにはもう何も言えない。

そう、ラフェオンは当然セシリアのことがどうでもよくてそのままにしている訳ではない。自らの目で目の当たりにしたからだ。人間たちのセシリアに対する深い愛情を。

絶対に敵う訳がない相手の元へ、命の危機もかえりみずに乗り込んできた彼らの覚悟を。

そんなものを見せつけられて、どうしてセシリアを引き留められるというのか。


そうして相変わらず淡々と執務をこなすラフェオンの元に、ギゼラが押し掛けてきた。

「ラフェオン！」

心の底から嬉しいとばかりに満面の笑みを浮かべ、らんらんとその目を輝かせながら。

「ついにあのみすぼらしく穢《けが》れた人間が出て行ったようね！　本当によかったわ。この荘厳《そうごん》な魔王城の空気が汚れてしまうことを本当に忌々しく思っていたのよ！」

ギゼラの向こうで、ロッドが悲しそうに眉を下げている。が、もちろん彼女はそんな些末《さまつ》なことなど気にしない。

「大体あの子ネズミ、人間のくせにラフェオンの名を呼んでラフェオンの近くに存在するなど、あまりに図々《ずうずう》しかったものね。あなたも大変だったでしょう？　優しいからはっきりと嫌悪を言い渡すこともできずに……はあ、アレがいなくなったのは喜ばしいことだけれど、出ていく前にこれまでラフェオンに不快な思いをさせていた罪を償うように、しつけておくべきだったわね」

あまりにもひどい言い草に、ロッドが俯いたままぶるぶると震えている。

しかし、いかに魔王の側近であるロッドでも、エラルド家の令嬢であるギゼラには強く出ることができないので、聞くに堪えない言葉も黙って聞いているしかないのだ。

「大体あんなにも醜い者が側にいるなど、それだけでラフェオンに対する冒涜《ぼうとく》だと気付くべきで――」

「黙れ」

聞きたくもない悪口に必死に耐えていたロッドは、思わず顔を上げた。

いつだって穏やかで落ち着いているラフェオンが……凍り付いてしまいそうなほど冷ややかな目でギゼラを見下ろしていた。

「はえ……？」

「頭が痛くなるな。どうして俺は今までこの耳障《みみざわ》りな悪音を聞き流せていたのか。神にも難しい偉業だと思わないか？　称《たた》えてほしいくらいだな」

ラフェオンはセシリアのことを思い出していた。セシリアは、気に入らないこと、許せないことがあった際に、本人に向かって罵倒することはあっても、影で口汚く誰かを罵ることなどなかった。

よくも悪くも嘘がなく、とんでもないことを言いだすことはあっても、まっすぐな人だった。

それなのに、この女はなんなんだ。醜くて見ていられないではないか。

ラフェオンの態度が予想外過ぎて理解が追い付かないのか、ギゼラは口を緩く開けたままポカンとしている。不覚にも彼女と同じ顔をしていることに気が付いたロッドは慌ててきゅっと唇を引き結んだ。

そして、震えた。震えるほど感動していた。


——怒っている。

あの温厚で、穏やかで、時に「優しいのではなくヘタレなのかもしれない」と頭を抱えたほどに優しく、どんなに理不尽な振る舞いをされても罵られても静かに窘め、時間をかけて抑え込むことを選び、怒りで声を荒らげる姿など見せなかった人が。

セシリア様の仰天行動に驚きで声を荒らげることはあったけど、それは置いておくとして。

「お前のように傲慢で醜い者が、自身が俺に相応しいと勘違いして側に近寄ってくるなど、それだけで俺に対する冒涜だと気付くべきではないか？」

そんなラフェオンが、怒りをあらわに、強い言葉でギゼラを威圧している。

一瞬あっけに取られていたギゼラだが、すぐに顔を上げ、微笑みを作ってみせた。このラフェオンを前にどうするのか思いきや、どうやら媚を売ることにしたらしい。

しかし微笑みに対して自身に向けられているのが、見たこともないほど冷たい視線であることに気が付き、その顔もすぐに引きつり始める。

ロッドはそっと息を詰めた。

あああ、やめとけやめとけ、普段怒らない人の地雷を踏み抜いたのだから、あとは悪化しかしない。

「ラ、ラフェオン！　お、思ってもいないことを言う必要はないのよ⁉　もうあの者はいないのだから！　いない者などどうだっていいじゃないの！」

セシリアの呼び方を多少マイルドにするくらいの分別はあったらしい。多少ではあるが。

その時、ふとラフェオンの頭の中でピンとひらめくものがあり、唐突に点と点がつながった。

「……そうか。お前なのだな。セシリアを取り戻したいと望むあの人間たちに、転移の魔道具などをわざわざ渡したのは。そういえば、お前は転移魔法が得意だったな」

セシリアは、魔界側からも人間界にいけないような結界を張っている。それはつまり、人間が転移の魔道具がなければこちらに来られなかったように、魔族も転移魔法が使えなければ人間側には行けず、接触できないということだ。

加えて、あの魔道具はなかなかに小さく、転移という魔法としても強力なものを込めるには、それなりの魔力量と魔法の熟練度が必要になる。魔族の中でもそれができる者は多くはいない。

てっきりラフェオンに敵対する者の中に魔道具を渡した者がいるのではないかと思い込んでいたのだが、ギゼラの仕業だったのだ。どうして今の今まで気が付かなかったのか。

理由は簡単だ。

ラフェオンは蔑むように鼻で笑う。

「お前に興味がなさ過ぎて、犯人の候補に入れることすら忘れていた。……だが、お前の仕業だと考えればすべての辻褄《つじつま》が合う」

さて、ギゼラはこれにどう切り返すのだろうかと思って見ていたロッドだが、ラフェオンはもうギゼラには何も言葉を許さなかった。答えを聞くまでもなく、確信していたので。

「ひっ！」

ただ、全身で殺気を放ち、黙らせたのである。

痛い。側にいるロッドまで痛い。おそらくギゼラは息もできないほど苦しいに違いない。

実際に顔面蒼白でしりもちをつき震えている。

と、思ったら、ついに黒目がぐるりと裏返り、泡を吹いて失神してしまった。

ロッドは内心で「よくやった！」と快哉を叫んだ。セシリアのことを悪く言われることを許しがたく思っていたし、ロッド自身も鬱憤が溜まっていたので。

「ロッド、俺は間違っていた。平和主義と言いながら、どうしてセシリアに向き合い、対話することを怠《おこた》ったのだろうな。どうしてセシリアならば言わなくとも分かるなどと傲慢なことを考えてしまったのか。間違えたのなら、間違いを正す必要がある。俺はここに、セシリアを連れ戻す」

「！　……はいっ！」

きっと、ここにフォードがいれば叫んでいただろう。

(——連れ戻すも何も、どうせ待っていれば勝手に帰ってくるってえぇぇ！)

◆◇◆◇

これまで平和主義であるあまり、過激派を刺激しないように、なるべく穏便に、と慎重に恐怖政治を避けてきたラフェオン。

しかし、ギゼラの行き過ぎた行動に耐えがたい憎悪が生まれた時に、彼の中にピシャンと雷が落ちた。

体中に走った虫唾《むしず》を無視できなくなったともいえる。

――ラフェオンが、自分の欲をすべて抑えることが平和への道という訳ではないのだ。

「暴力では何も変わらないと思っていたが、変わるつもりがない相手に対して下手に出ることでこちらに合わせてもらおうと考えるのは愚かなことだったな」

「はい！　ラフェオン様、素晴らしいです！」

自分だって欲に忠実になったっていい。周囲に溢れる、相反する願いや希望をすべて叶えることなどできないのと同じように、すべての欲を抑え込んで生きていくことなど、いくら魔界の頂点に君臨する魔王であっても不可能なのだ。ラフェオンはそのことにようやく気付いた。

それは天啓を得たような感覚だった。

一度自らの中にあるものを抑えつけるのをやめてしまえば、湧き上がる欲望は止まらない。

（セシリアが欲しい、セシリアを否定する者を排除したい）

セシリアに戻ってきてほしい。

そこからのラフェオンの行動は早かった。

まず、ギゼラをエラルド家まで吹っ飛ばした。

本人は「送り届けておいた」と言っていたが、どう見ても吹っ飛ばしていたなとロッドは笑った。

懸念していた通りエラルド家は激怒したが、力ずくで黙らせた。

ギゼラにしていたように、殺気と圧で屈服させたのだ。

ほかの貴族家もしかり。

そもそも、ほかのどの魔族もラフェオンには敵わない。その力の足元にも及ばない。だからこそ魔王として在ることができているのだ。

それなのにエラルド家を筆頭に貴族たちの一部が大きな顔をしてラフェオンの頭を悩ますことができていたのは、ひとえにラフェオンが対話での解決を望み、何かあったとしても平和に穏便に解決することを目指していたからだった。

その思想を踏みにじる者には、それ相応の対応を。

そうしてもいいのだと吹っ切れたラフェオンに、反抗し続けることができる者などいるはずもなかった。

正当な声にはきちんと耳を傾け、理不尽には毅然《きぜん》と対応するラフェオンの姿に、心配していたような反発は生まれなかった。

「もっと早くこうしていればよかったな」

「仕方ありません。今までラフェオン様のようにお考えになる魔王陛下は存在せず、すべてが初めてのことだったのですから」

こうして爆速で目下の問題を片付けたラフェオンは、使用人三人衆、イルキズ、ロッドや魔王城で働くほかの魔族たち、ついでにダーリスにも背中を押され、セシリアを探しに行くことを決めた。

第17話　魔王、度肝を抜かれる

ラフェオンが辿り着いたのは魔界と人間界の境界である。

そこにはセシリアによって強力な結界が張られている。

「これがセシリアの結界……はは、さすがの強大さだな」

そっと表面に手を触れてみるとバチリと大きな衝撃とともに弾かれた。

触れようとしただけでこれなら、破ろうとすればどうなるかは明白である。

しかし、これを破らねば人間界へ戻ったセシリアに会うことはできない。

ためしに一撃、物理で殴りつけてみる。もちろん、魔力をこう、握り込んだ拳に纏わせてだ。最初に物理を選んだのは、結界自体の威力をきちんと確かめたかったからもあるが、自分への罰という意味合いもあった。

セシリアへ甘え切って傷付けてしまったことに対しての、ラフェオンなりの懺悔でもあった。

拳は割れ、血が滴《したた》る。

傷を負ったのはいつぶりだろうか。魔界最強のラフェオンは、ちょっとやそっとでは傷ひとつ付けられることはない。

ラフェオンが結界を殴りつける。痛みがラフェオンを殴りつける。

少しずつ結界を形どる魔力が削られている感覚はある。まったくの無効ではないらしい。

しかしラフェオンの力をもってしてもここまで破れない結界など、本当にセシリアは規格外なのだとまざまざと実感させられていた。

今度は魔法をぶつけてみる。

しかしこちらは物理よりも削れる量が少ない。

ラフェオンは再び拳を握り、振りかぶる。

傷を負わずにすむ魔法よりも、殴りつけることを選んだ。

——一刻も早くセシリアに会いたい。

頭の中にあるのはそんな思いだけだ。

——セシリアに会えたら、まず何を伝えようか。

伝えたいことはいくつもある。

ただ、感情が溢れ過ぎてぐちゃぐちゃでまとまらず、言葉にできるかが分からない。

セシリアはいつもこんな思いを口にしてくれていたのだろうか。それはなんと勇気のいる行為だっただろう。

拳を振り上げる。振り抜く。大き過ぎる衝撃はもはや爆破だ。直接結界に触れているのは拳だけなのに、あまりの威力に自分の魔力と結界の魔力が体中をかけめぐり、ラフェオンの全身はボロボロになっていく。

けれどラフェオンは結界へ攻撃する手を止めない。

——きっと、俺が間違ったあの瞬間、セシリアの心はもっと痛かったはずだ。

結界の魔力はどんどん削られていっている。しかし、ラフェオンももう限界に近かった。

だが、ここで止まる訳にはいかない。

ラフェオンだから意識を失うこともなくギリギリ頑張れている。ラフェオンでなければきっともうとっくに気絶していただろう。

魔力の消耗と身体への負担、それに伴い増していく激痛に耐えながら、気力を振り絞る。

(もう少しだ……！　これが、最後の一撃……！)

もう少しで、セシリアに会える！

残りわずかな力をかき集め、もう一度拳を振りかぶる。

その時だった。

「加勢しますわ！」

その声とラフェオンが拳を振り抜いたのは同時だった。

その瞬間、ラフェオン以外の魔力が莫大な力を放出し、あっけないほど簡単に結界が破れ去る。

聞き覚えがあり過ぎる声に、ラフェオンは唖然として立ち尽くした。

「ラフェオン様！　もっと早く私を呼んでくだされぱよかったのに！」

「は……？」

ラフェオンは度肝を抜かれた。そこには満面の笑みを浮かべるセシリアが立っていたのだから。

驚き過ぎてまだちょっと現実を受け入れられない。

「……え!?　ラフェオン様、ボロボロじゃありませんか！　一体どうしてこんなことに……!?」

ラフェオンの傷に気付いたセシリアがおろおろと狼狽える。

絶対に今考えるべきなのはこれじゃないはずなのに。

ラフェオンはぽかんとしたまま思っていた。

（セシリアは俺の言葉に傷付いて、人間界へ帰ったはず……）

しかし、どうみてもセシリアは魔界側から現れた。

知る訳もないのに、フォードの声が魔界中に響いた気がした。
——その聖女がそんくらいで傷付くほど繊細な訳ないじゃないですか!?
と……。

第18話　聖女、衝撃を受ける

――時は少しだけ遡《さかのぼ》る。


「な、な、なんでいるんですかーーっ!?」

人間界にフォードの絶叫が響いていた。それも無理のない話である。なぜなら……。

「ちょっと、うるさいわねえ。私が人間界に戻ったら何か問題でもあるって言うの？」

フォードの目の前に突然現れ、むっとした顔をしているのは、魔界に住み着いて二度と帰ってこない勢いだったはずの、聖女セシリアだったのだから。

「いやいや、そんなことは言ってないじゃないですか！　むしろセシリア様が人間界に帰る気まったくなさそうじゃなかったです!?　というか、帰るつもりがあるなら、どうしてナイジェル殿下たちが迎えに行った時に帰らなかったんですか！」

「馬鹿ね、あの時帰ってしまえばもう魔界に戻れないくらいの勢いだったじゃない。あくまでこれは里帰り、これからも私は魔界に住むつもりだもの。あ、だから私が戻ったことも他の人には秘密にしておいてね」

その言葉を聞いて、フォードはついに堪えきれずに頭を抱えた。ここ最近内心頭を抱えることは多かったものの、本当にそうすることがなかなかできなかったが、もういい。こんなの平常心ではいられる訳がないではないか。

それに、戻って来たからには聞かない訳にはいかない。とても嫌な予感はするが、聞かなきゃよかったと思うことになりそうな気がして仕方がないが、それでも聞かずにいられない。

フォードは意を決してその質問を口にした。

「……魔王討伐に行った時、俺たちをボロボロにしたあの攻撃魔法、セシリア様のものでしたよね？」

「あら、分かったのね。さすが私のフォード！」

そんなふうに褒められても嬉しくない。全然嬉しくない。

「一体どうしてあんなことを？　というかそもそも、どうしてセシリア様は魔界に残ったんですか？」

セシリアは満面の笑みを浮かべた。

「聞いてくれる⁉　私、魔王様に一目惚《ぼ》れしたのよ！」

「……は？」

一目惚れ？　一目惚れって言ったかこの人？

「魔王様――ラフェオン様がいかに素晴らしく魅力的な方か、フォードにたっぷり聞かせてあげるわね！」

（へえ〜〜、魔王、ラフェオンって名前なんだ〜〜……ははは……）

それは、普通に生きていれば知るはずもなかった名前。ついでに、フォードがこの目で見たあの悍ましい姿は幻影魔法による仮の姿で、本当はとても美しく、男らしく、魅力的で声まで素晴らしいとか、見た目で好きになったけど、一緒にいればいるほど好き度があがっていくほど中身まで素敵なんだとか、なんとか。

全然知りたくなかった情報を耳にしながら、フォードはゾッとしていた。これは想像の何倍も面倒な事態になっている。

フォードは内心で絶叫した。口に出して叫びたかったが、そうはできなかった。なんせ本人が目の前にいるので。

（いつか飽きて戻ってきたくなってきた頃にひょっこり戻ってくるんじゃないかなとは思っていたけど、魔界に残った理由が魔王への恋心ならば、この人もう戻ってくる気ないよな〜〜!?　え、どうすんの？　ナイジェル殿下たちは絶対諦めないし、俺ってこのままずっと板挟み……!?　勘弁してくれよ〜〜！）

そして思った。やはり自分の嫌な予感は当たるのだと……。

◆◇◆◇

私の目の前で、なぜかフォードは狼狽えている。

「じゃ、じゃあ、セシリア様は本当に魔王様に恋をして、魔界に住み着いて、今は本気で魔王妃になることを目指しているんですか……？」

「ええ、そうよ。何度もそう言っているじゃない」

この後に及んでフォードがそんなことを聞いてくるから、思わず呆れた声を出してしまったわ。

ここまで数時間にわたってラフェオン様の素敵なところや魅力的なところ、かけてくれた言葉やどんな表情にきゅんとときめいたかなどなど、さんざん惚気《のろけ》話を聞かせてあげていたというのに、何をいまさらなことを言っているのかしら。このためにわざわざ人間界に戻って来たというのに。

そう、私はフォードにラフェオン様の話がしたくて一時的に人間界に戻ったのだ。

……なぜなら、シュリーと恋バナしたことで、誰かにラフェオン様の話をする楽しさを知ってしまったから。

もちろん、ノンナをはじめとした私の使用人たちや、ロッドやダーリスでも話は聞いてくれるわよ？　けれど、彼らには今までもさんざん話しているし、なんならいつも私がラフェオン様にアピールしている姿を間近で見ている訳で。

ようは、新鮮な恋バナをする相手としては向いていないのだ。

何も知らない相手に、一からラフェオン様の魅力を語るのが楽しいんだもの！

それで、ふと思いついてフォードをその相手に選んだ訳だけれど……。

やっぱり女の子同士のほうが楽しいわね。でもシュリーは今鍛え直すことに忙しいから、あまり頻繁に会いに行く訳にもいかないのよねえ。誰か、また新しい女の子の友達ができれば嬉しいんだけど。


「セシリア様、つかぬことをお聞きしますが、ナイジェル殿下やヘスに会うつもりは……？」

「ないわよ。うっかり見つかったら軟禁でもされちゃいそうじゃない」

「それは……確かに。殿下たちにその気はなくとも、結果的にそうなる可能性は高そうですね」

それでは困るもの。私は魔界に帰るんだから。

「心配しなくても、フォードにはまたこうやってたまに会いに来るわよ」

「いや、そんな心配はしてないんですが……むしろ話を聞けば聞くほど胃が痛くなるばっかりって言うか……」

「とにかく！　ナイジェルたちのことは頼んだわ。私は魔界で幸せに暮らすから、今後のことはよろしくね」

「今後のことはって、せめてもうちょっと具体的にどうすればいいか指示してくれません⁉　俺困るんですけど！　ナイジェル殿下たちのセシリア様への執着具合を甘く見ないでくださいよ！　絶対諦めるつもりなんかないですって！　ちょ、ちょっと、セシリア様ぁ〜〜〜〜！」

さて、たくさん話せて楽しかったし、フォードの元気な顔も見られたし、満足したわ。

そろそろ息抜きは終わりにしましょう。

◆◇◆◇

異変にはすぐに気が付いた。

（……ん？　んんん？　なんか結界が攻撃されてるなー？）

まーたラフェオン様を煩《わずら》わせる不届き者でも現れたのかしら？

結界は私が張ったものなので、何かあればすぐに感知できるのよね。

ムムッとしながら衝撃の発信源に向かったら、ラフェオン様が結界を殴りつけていた。

なんで⁉

よく分からないけど、殴りつけているということは結界を破りたいってことよね？

ここで私はひらめいた。

今ラフェオン様に加勢して一緒に結界を殴りつけて破れば、つまりこれは愛の共同作業ということになるのでは……⁉

ふ、ふふふ！　こんなラブイベントを逃すなんて絶対にありえない！

「加勢しますわ！」

ラフェオン様の拳に私の拳を添えて、寄り添うが如くともに振り抜く。

私が来る前にほとんど結界は破られかけていた訳だけれど、十分力になれたんじゃないかと自画自賛で大満足だ。

ひょっとしたらさすがのラフェオン様も私の加勢に感動して褒めてくれちゃったりするかもしれない。

そう思い、ふんふんといい気分で振り向いて、驚愕した。

「え⁉　ラフェオン様、ボロボロじゃありませんか！　一体どうしてこんなことに……⁉」

ま、まさか私の結界のせい、なの⁉

な、なんということ⁉　しまったわ、ラフェオン様の魔力だけには効力がシャボンの膜レベルの激弱《げきよわ》になるように結界に条件付与しておくべきだった……！

あまりのことにぶるぶると身体が震える。私はなんという罪深いことをしてしまったのか。

しかし、過ぎてしまったことはどうにもできない。頭の中をフル回転させ、挽回《ばんかい》するための一手を考える。

ひとまずは回復よね⁉

「ラフェオン様、失礼いたします！」

ちょっとついでにいい思いを……。

下心が抑えられず、ラフェオン様の胸に飛び込み、抱き着いた。私を包み込むほどの身体がびくりと揺れたけれど、引きはがされることはない。

はわわ、私のこの熱い抱擁を受け入れてくれているだなんて、ラフェオン様ってばもしやそろそろセシリア好き度が９％くらいにはなっているのでは⁉

もちろん、下心のみで抱き着いた訳ではない。回復のためですよ。

私の回復魔法は対象とどれだけ離れていても抜群の効果を発揮することができるけれど、それはそれとして接触面が広ければ広いほど効力は強く、回復は早くなる。

愛情も込めているので、きっと今ラフェオン様はまるで温かい温泉に浸かっているかのような安らぎと温もりを感じているはず。

隙あらば少しでも私のよさをアピール！　今日の私も抜かりないわ。

セシリア、安心感もドキドキ感もまとめてお届けできます！　お得です！

痛みはすぐに消した。怪我自体も一瞬で回復できるけど、あえてゆっくりじわじわと丁寧に回復しているなんて、きっとラフェオン様にはバレないだろう……バレないでください……もうちょっとだけハグしていたいので……。

しかし願いもむなしく、肩をガッと掴まれて引きはがされてしまった。残念。

「セシリア――……お前、ここしばらくどこで何をしていたんだ？」

「え？　ああ、実はラフェオン様にとびきりのプレゼントを調達していました！　結界が攻撃されているなと思って、ひとまず途中に置いてきちゃったんですけど、後で楽しみにしていてくださいね！」

「…………ぷれぜんと」

「はい！」

ああ、プレゼント調達の前にちょこっと人間界に里帰りもしてきたんだけれど、今は別にその話はいいか。特別面白いものでもないし、ラフェオン様も別に興味ないわよね。

以前ギゼラがつらつらとドヤ顔でまくし立ててきた中に、ラフェオン様の好物のお話もあったのだ。

好物は私の有能な使用人たちがいつも探ってきてくれるけれど、ギゼラの話は今まで聞いたことがない内容だったので参考にすることにしたという訳だった。

私、どんなイラつく出来事の中にも使えるものを見出すことができる冷静さを持っているので。

そういえば、ラフェオン様はどうしてこんなにボロボロになってまで私の結界を破ろうとしていたのかしら？　結界の魔力を通じて感じていた衝撃の大きさを考えると、おそらく軽い気持ちでそんなことをした訳ではないはず。

……あっ！

「ひょっとして、気が変わって人間界を蹂躙したくなりましたか!?　だから結界を破ろうと
……？」

「は……？」

「それならなおさら私をすぐに呼んでくださればよかったのに！　どうして私抜きで!?　もちろん、私もお手伝いいたします！　どんとこい！　さくっと侵略するもよし、じわじわと追い詰めるもよし、人間界の知識も使ってどんな作戦でも最善最高の結果に導くとお約束いたします！」

まさか、私が不在の間にラフェオン様の気が変わるなんて思っていなかったわ！　一生の不覚！

「…………いや、人間界を蹂躙するつもりはないし、何度も言うが俺は平和主義者だ」

「ハッ!?」

気は変わっていなかった！

ということは、今私は平和に穏やかに暮らしたいと願うラフェオン様に向かって嬉々として人間界侵略の提案をしてしまったということ!?

だ、ダメ！　せっかく上がった（？）好感度がまた下がってしまう！

「ち、違います、違います！　もしも万が一ラフェオン様がそう望むのならどんなことでもお側でお手伝いしますよっていうことをお伝えしたかっただけで、平和をお望みなら平和にするためのお手伝いをするまで……ええっと、別に私が人間界を蹂躙したいなどと思っている訳ではなく……」

「…………」

あ⁉　あああ、ダメ、ラフェオン様がどんどん微妙な表情になっていくわ……！

このままではまずい！

「その、なんでしたら私が人間界との共存の懸け橋になることもできますし！」

「…………」

あれ、この提案はなかなか悪くないのでは？　もちろん、懸け橋になるのならば私がラフェオン様の妃《きさき》になるのが一番手っ取り早いということは言うまでもない。

はわ、ラフェオン様は願いが叶い、私は恋が叶い、人間たちにも悪いことじゃない！　一石何鳥あるのかしら⁉　我ながら冴えているわね。

「その際は私が交渉役として人間側とお話しします！　そうすればナイジェルやヘスも絶対に私の提案を拒否することはありませんし、そうだ！　フォードというのが私の幼い頃から側についていた騎士でして、彼も私の手駒として必ずや役に立つとお約束します！」

ここぞとばかりにアピールポイントを並べ立てる！

しかし、なぜかラフェオン様は話の途中からぴくりぴくりと眉の端を動かし、話し終わる頃にはどことなく不機嫌そうな表情になってしまった。

「ラフェオン様？」

「お前の手駒、か」

「ええっと？」

「必ずや役に立つ……？　随分信頼しているのだな」

なんだか含みのある言い方だ。何か気になることでもあるのかしら？

「いや、いい。今はそれでも仕方ないのだろう」

「はあ……」

うーん？　ラフェオン様が何を言いたいのかがさっぱり分からない。どこに引っ掛かったのか、何が仕方ないのか。

なぜかラフェオン様はずいっとこちらに顔を近付けてきた。近い！　近くで見てもお顔が美しい！　素敵！

こっそりと、すぅーっと深く息を吸っておく。ラフェオン様の吐いた息を取り込みたい。近過ぎてラフェオン様のいい匂いがする。ええ、私、こんなに幸運でいいのかしら……。

バレないように何度も息を吸う。バレたら怒られそうだし、離れてしまいそうなので。

「……お前が交渉役になるということは、今名前を挙げたような男たちと長い期間を使って顔を合わせ、関係を築いていくということだろう？」

「ええっと、まあ、そうとも言えますね……？」

まるでラフェオン様から迫られているような体勢にどうしてもうっとりしてしまう。

幸せを堪能しながらなんとか返事をしているのだけれど、今にも意識がとんでいきそうだわ。

「そして、そのために時間を使っている間、お前は魔界にはいない」

「……？」

どこかぶすりとした表情のラフェオン様はさらに顔を近付けて言った。

「魔界を、俺の側を離れて、お前を愛するほかの男に愛想《あいそ》を振りまくつもりなのか？」

私は衝撃を受けて目を見開いてしまった。

そしてなぜかラフェオン様も驚いたように目を丸くしていた。

「ラ、ラ、ラフェオン様っ!?」

「…………っ！」

バッと風切る音が聞こえそうなほど勢いよく私から距離をとるラフェオン様。

その耳の先が赤く染まっているのを私は見逃さなかった。

照れ。そこに見える感情は間違いなく照れ。

こ、これは……そういうことよね？　そういうことでいいのよね??

ふわふわ心が浮き立ち、足元が軽くなっていくような気分。

「ラフェオン様、本当に心からお慕いしています好き！」

「やめろ、近寄るな！」

感激に身を任せて突撃しようとしたら顔面を掴まれて止められてしまった。さっきはハグしても何も言わなかったのに！　これって絶対照れ隠し！

「やっぱり、これは間違いない！　ラフェオン様は私を――」

「やめろっ、やめてくれ」

「私を、20％くらいは好意的に思ってくれているんですね⁉」

「………は？」

口をあんぐりと開けた怪訝な顔に照れの色が見えない。

あ、あれ。やっぱり勘違いだったのかしら。いやそんなまさか。

どう受け取るべきかはかりかねていると、ラフェオン様は頭を抱えてしまった。

「………もうそれでいい」

やっぱり20％は言い過ぎだったかも。せいぜい18％くらいだったのかもしれない。

◆◇◆◇

ラフェオン様にへばりついてうきうきで魔王城に戻ると、なぜかみんなに泣きつかれてしまった。

特に面倒くさかったのがイルキズ。鼻水つけないでよ！

ロッドまで涙をハンカチで拭きながら感激していたし。何度も激しくうんうんと頷いていてちょっと怖かったわ。ノンナやキャスやデイミアンも同様だ。

いや、なんで？

まさかこの子たち、私が出ていったとか勘違いした訳じゃないわよね？

いやいやまさかまさか。私がラフェオン様の元から離れるなんてありえないんだから、さすがにそんな勘違いする訳ないわよね。

「ラフェオン様！　あなた好みにしてみましたどうですか好き！」

「……何が俺の好みだって？」

私に一番似合うのは清楚可憐《せいそかれん》な衣装である。聖女だし、聖女っぽいものがすごく似合う。

しかし、ギゼラはうっとりと、いつかあった体験を思い出すようにしてこう語っていた。

『ラフェオン様はあんたみたいな色気も艶もない生き物には興味などないのよ？　私のような妖艶《ようえん》で女の魅力に溢れたタイプがお好きなんだもの。何度腰を引き寄せられ、素敵だと囁かれたことか』

なので、参考にしてみました！　今の私が身に纏っているのは、いつもより少し露出多めで、身体にピタッと沿うタイプの色っぽいドレスです。

裾には少し深めのスリット。色も深い赤で、髪の毛もそれにあわせてノンナが結い上げてくれたから、どこからどう見ても妖艶な美女に違いない。

ギゼラの言うことなど最初は全然信じていなかったのだけれど、ラフェオン様の言葉で彼女の話が嘘ではないのかもしれないと思ってしまった。

もちろん、魔族令嬢など私にとって取るに足らない存在であり、いつでも排除できる小物でしかない。ラフェオン様がいかにギゼラに夢中だったとしても、いつか私に振り向かせるのだから問題はないと言えるし。

しかし、すぐに退場させなかったのは、その口から語られる話が嘘ではないのなら、私にとって有益だと思ったからに他ならない。

――そう。ちょうど、一歩進んだアピールをしたいと考えていたところだったので。

堅物《かたぶつ》では有能ではいられない。有能な者はどんな可能性も取りこぼしはしないし、あらゆる情報や知識を柔軟に取り込んでいくことができる。

私はこれまで自分自身と、自分の考えに絶対の自信を持っていた。

私の力は強大で、心も身体も何かに脅かされたことは一度もない。暇つぶしにわざと失敗してみることはあっても、本気で信じた選択で間違えたことはない。

だからこの恋心も、自分を信じて突き進めばいつか叶うのだと信じて疑わなかった。

だけど、そうではないかもしれないと気付いてしまった。

自分の考えだけでは叶わないかもしれない。

それならば、考え方を変え、自分の知らない考えを知ることも必要ではないかしら？

だから私は、到底好きになれそうにないギゼラの意見も取り入れてみることにしたのである。

ラフェオン様も、口ではあまり気に入っていないのかと思うような反応を見せてますが、私は気が付いていますよ。その耳がまたもや赤く染まっていること。

それなのに眉を顰め、どこか苦々しい表情を浮かべている。

これは間違いないわ！　結果は上々！　ふははは、やっぱり私は最高だわ！

ギゼラも少しは役に立つじゃない。未来の妃（予定）への無礼も水に流して差し上げましょう。

「そういえばあの人、最近見ないわね？」

「もう見ることはないと思います」

こっそりロッドに聞いたけど、そんな答えが返って来た。

どうしてかしらとは思ったけど、別に興味ないのでまあいいか。どうでも良過ぎて、いてもいなくても何も変わらないし。


ちなみに、ラフェオン様へのプレゼントは魔界の北の奥地に住む古代竜のお肉だったんだけど、これがまた頬がとろけるほど美味しかった。

最初は動揺していたラフェオン様だったけど、私がお肉を切り分けてその口に突っ込むと目を見開いて頬を染めていたので、ばっちりお気に召してくれたみたいでよかったわ。

ギゼラの情報……本当に有益だわ……私、有能な者は好きよ。どうにかして手懐ければ側に置いてあげてもいいかもしれないわね。

もちろん、その時はラフェオン様に対して下心など二度と抱かないようにしっかりしつけをする必要があるけれど。

そういえば、ラフェオン様は結局どうしてボロボロになりながら結界を破ろうとしてたんだろう？

（まあいっか）

そんなことより、この先ラフェオン様にどうアピールしていくかの新たな一手を考える方が大事だもの！

遠くのほうでフォードが（こっちのことも多少は気にしてくださいよ……！）と絶叫している姿が見えた気がしたけれど、そちらはまあなんか上手くやるだろう。これは丸投げではなく信頼なので。


……ラフェオン様とこうして顔を合わせることができるだけで嬉しくて、好きだと伝えられるだけでも気分が高揚する。

恋とは、人を好きになるとはなんて素敵なことだろう。

本当に、これがなかった今までの人生はつまらなかった。

愛する人に出会えるということは奇跡のようなものだと思う。

その幸運を噛みしめながら。

とりあえず、毎日今日も好きだとお伝えすることは欠かせない。

「ラフェオン様、本当に大好きです！　絶対に絶対に、私のことを好きにさせてみせます！」

歴代最強の聖女である私は本当に有能なので、他人の感情や気持ちを読むことに長けている。

それなのに、眩しいほどに彩《いろど》られた世界に夢中で、うっかりしていた私は、ラフェオン様の気持ちに全然気が付いていなかった。

ラフェオン様はいつものように、なんとも言えない苦々しい表情でこちらを睨みつけている。

(――……もう好きって言いづれぇ～～～～～～～！)

書き下ろし番外編①

魔王ラフェオンの逆襲……？

夜、ラフェオンの寝室にて。

眠りにつこうとベッドに入ったラフェオンは、ふと目を開けると、うんざりとため息をついた。

誰かがこの寝室に入ろうとしているのだ。

(またか……)

睡眠時はさすがのラフェオンも無防備になる。平和主義のラフェオンをよく思わない過激派の数がまだまだ多いこともあり、寝室には結界を張っているのだ。

そのおかげで、気配で人が侵入しようとしているのも分かるし、ラフェオンほどになるとそれが誰なのかまで分かる。

普通ならば、そもそも侵入を許すことはしない。

だが、今日も今日とて、寝室の扉が開けられた。

犯人は――もちろん、ラフェオンに焦がれるぶっとび聖女、セシリアだった。


「失礼します……へへっ」

笑いが堪《こら》えきれない様子のセシリアは、小声でそう言いながらひっそりとラフェオンが横になっている寝台に近付いてくる。

セシリアは最近、毎日のようにこうしてラフェオンの寝込みにやってきては、あろうことかベッドの中に潜り込み、隣で眠ろうとするのだ。

つまり――ある意味夜這《よば》いである。

これをされた最初の夜、ラフェオンはセシリアの侵入に気が付かなかった。セシリアは聖魔力を纏って気配を消していたので、ラフェオンの結界でさえ感知できなかったのだ。

朝起きて……隣に眠るセシリアを見て、思わず絶叫したのも無理はない。

すぐさまラフェオンによってつまみだされたセシリアは大声で叫んでいた。

「こうして繰り返し側にいることで、この距離を許す関係であると脳が勝手に認識し、好きになると聞いたんです～！　ものはためしと思って！　添い寝だけでもお許しを～！」

「うるさい、この変態聖女め！」

しかし、セシリアは懲りなかった。毎日毎日夜になるとラフェオンの寝室にやってくる。

きっと、ラフェオンが「これ以上やるならばお前を軽蔑する」とか「嫌いになるぞ」とか言ってしまえば即やめただろうが、ラフェオンも少なからずセシリアに（本当は認めたくないのだが、本気で認めたくないのだが）惹かれている以上、嘘でもそのようなことを口にすることができなかったのだ。

セシリアが嘘のない人なので、いつの間にかラフェオンまで、つられるようにしてセシリアに嘘をつけなくなっていた。と、いうことにはまだ本人も気が付いていていないが。

つまり——ラフェオンもちょっとまあそんなにまんざらでもない訳で。

そうなるともちろん、ポジティブなセシリアは絶対にやめない。

結果、毎日寝室への侵入を許す羽目になっていた。

最近はちょっと諦め気味になっているラフェオンだが——だんだんと、腹が立つな？　と気が付いてきた。

セシリアが侵入してくることに腹を立てている訳ではない。セシリアが平気で隣に眠ることに思うところがあるのだ。

——こいつ、俺のことを好きだ好きだと言いながら、よくも同じベッドなんかで平気で眠れるな……。

そしてついに気が付いた。

『もう好きって言いづれぇ～～～～～～！』などと思っている場合ではない。

そちらがその気ならば、ラフェオンにも考えがある。やられっぱなしではいられない。

そもそもラフェオンの愛を求めているのはセシリアなのだし、こうしてベッドにも潜り込んでくるくらいなのだから、いいのではないか？　と。

ラフェオンがそんなことを考えているとは夢にも思わないセシリアは、いつものようにそうっとラフェオンの隣に潜り込んでくる。

「うふふ、ラフェオン様の温もりを感じる……あったかい……幸せの温もりだわ」

小声でそんなことを呟き、幸せを噛みしめているセシリアの身体が、突然ぐいっとラフェオンに引き寄せられた。

「っ⁉」

そして気が付けば……セシリアの上にラフェオンが覆いかぶさるような体勢で手首を握られ、いつの間にか組み敷かれていた。

「幸せの温もりだというのなら、もっと与えてやろう」

「ラ、ラ、ラフェオン様っ⁉」

狼狽えるセシリアを見ても、ラフェオンは止まらない。セシリアだってさんざん好きにしてラフェオンの言葉では止まることなどなかったのだから、こちらにだって自由にする権利はあるはずだ。それに、いつまでもセシリアにばかり行動させる訳にはいかない。

「セシリア」

ラフェオンは肘をつき、セシリアの頬に触れる。

そのまま顔を近付け……睫毛《まつげ》が触れそうな距離で、何かおかしいと気が付いた。

「……んん？　セシリア？」

セシリアは顔を真っ赤に染め上げ——気絶していた。

「は⁉　う、嘘だろう？　普段あれだけ自分から迫っておいて⁉　ははは、いや、まさかな……おい、目を開けろ、そんな冗談はいらん！　じょ、冗談だと言ってくれ……！」

ラフェオンは知らなかったのだ。あれだけ積極的なセシリアだが、自分と出会うまでは恋愛などに微塵も興味がなく、実はとんでもなく初心《うぶ》だなどということは。

「くそ、ここまで来て何もするなと⁉　ただでさえ毎日毎日横に寝られてつらい思いをしていたというのに、こんなのありか……！」

魔王ラフェオンの悲痛な嘆きが轟いた。


ちなみにセシリアは翌日、何も覚えてはいなかった。

「ラフェオン様、おはようございます好き！　昨日はなんだかとっても幸せで心臓が壊れそうなほどにときめく夢を見た気がするんです！　残念ながら内容までは覚えていないんですが……」

「……それはよかったな」

「はい！　今日もいい日になりそうですわ！」

満面の笑みを浮かべるセシリアを、苦虫を噛み潰したような顔で見つめるラフェオン。
二人の恋の行く末と、ラフェオンの前途は多難である。

書き下ろし番外編②

運命の分岐点

魔界のとある貴族家。

この屋敷でアタシ——ノンナは数多《あまた》いるメイドの一人として働いている。

魔界では力の強い者こそが正義であり強者であるという価値観がある。

だからアタシのように戦う上でハンデになるような、かつ治らない怪我を負っている者や、そもそもあまりにも身体や力が弱いなど、戦闘に耐えられない者は魔族的弱者とされている。

弱者のレッテルを貼られた魔族は、戦闘以外でどれだけ優れた能力を持っていようと、まともな職につけないのが常識となっていた。

アタシの雇い主の貴族は、そんな魔族的弱者を積極的に屋敷の使用人として雇用している人物である。

とはいえ、善人ではない。むしろその対極にあるような人物だ。

でっぷり太った彼は、あえて屋敷に使用人として弱者を集め、虐待《ぎゃくたい》まがいのことを繰り返し、使用人同士の諍《いさか》いをわざと誘い、人の陰湿な部分を見ることや、絶望した表情を目にすることを生きがいとしているのだから。

劣悪な環境、やりがいのない仕事、最低限しか払われない給金。傲慢《ごうまん》で意地悪な雇い主と、どうにか自分だけが得したいと考えるギスギスした関係の同僚たち……。それがアタシに与えられた現実であり、世界のすべてだった。

ここは救済の場ではなく、底辺が集められる掃《は》き溜《だ》めでしかないのだ。

とはいえ、他に働き口がないので、どれだけひどい職場だろうと我慢するしかない。

逃げ出したいと何度願ったかわからない。だけど、顔についた大きな傷や潰れた左目はそのままアタシが弱いことの証拠であり、強さこそがすべての魔界で他に行き場所はどこにもなかった。逃げ出したところで、まともに生きる方法など到底見つけられる気がしなかった。

(アタシは心までも弱い……)

目を潰された時に、魔族としての矜持《きょうじ》だって潰された。

毎日をただやり過ごすことだけ考えて耐えるのみ。


――しかし、そんなアタシの日々はある日突然終わることになる。

屋敷で働く者の中から一人、メイドとして連れて行きたいという申し出があったのだ。

おまけに迎えにやってきたのは、かなり身なりの上等な男性魔族で、なんと魔王陛下の側近だと名乗ったのである。

信じられない。魔王陛下の側近がわざわざメイドを選びに、こんな掃き溜めにやってくるなんて……。

同僚たちは浮き足立った。もちろんアタシだって。

魔王陛下の側近が直々に迎えに来ただなんて、出仕先はどう考えても魔王城。ひょっとすると魔王陛下のメイドになれるのかもしれない。そうじゃなければ、陛下が婚姻なさったときにお妃様につくメイドを今から育てるつもりなんじゃないだろうか。

冷静に考えれば、そんなすごい立場のメイドにアタシたちのような弱者が選ばれるわけがないのだけれど、期待は膨らむばかりだった。

しかし、雲行きはすぐに変わった。

なんとロッドと名乗ったその陛下の側近は、よりによって『人間界から来て魔王城の隣に住み着いた、聖女の世話をする使用人を探している』のだと言うではないか。

聖女の噂は、アタシたち底辺の使用人でも知っていた。

雇用主が『魔族に仇《あだ》なすに違いないというのに、汚らわしい聖女がこの魔界に居つくことを許されるなど、陛下は何を考えているのか！』と大きな声で愚痴《ぐち》っていたから。

嘘でしょう？　底辺で掃き溜めだと思っていたここよりも、もっと下があるなんて。

人間で、おまけに聖女である女のメイドになんかなったら、きっと今以上にげられてひどい目に遭《あ》わされるに違いない。

当然、誰も聖女なんかのメイドになんてなりたくない。とはいえ、あの雇い主がアタシたち使用人を庇《かば》って陛下の側近に歯向かうわけもなく、誰が行くべきか、互いが互いをうかがうような空気が漂った。そして――

「ノンナ。この場で一番無能で役立たずで残念なのはあんたなんだから、あんたが行くべきよ！」

話し合いという名の擦《なす》り付け合いの結果、同僚のメイドの一人に強く睨《にら》みつけられ、最終的にアタシが生贄《いけにえ》になることに決まったのだった。

◆◇◆◇

そんなふうに思っていた頃があったなあ……なんて、思い出しながらアタシは笑う。

生贄《いけにえ》になる気持ちで魔王城の隣へ向かい、同じように連れてこられたというキャムやデイミアンと『嫌われれば追い出してもらえるかもしれないよね』と相談して、ひどい態度をとった。

あの時は賭けだった。聖女がどんな人物か分からないから、予想よりも苛烈《かれつ》な相手だった場合、機嫌を損ねてその場で殺されてしまう可能性だってあった。それでも、生き地獄を味わうよりはましだと思って覚悟していたのに――。

蓋を開けてみれば、聖女セシリア様は、なんとアタシたちを弱者たらしめていた傷を一瞬で治癒してくれた。

もう二度と光を見ることができなかったはずの左目が見える。それ以上に、光に包まれた治癒魔法のあまりの温かさに呆然としてしまった。聖魔力ってなんて気持ちいいんだろう。この魔力がアタシたちを傷つけるなんて、そんなこと絶対にありえないと思えた。

それからは、ここに来るときには考えもしなかったほど楽しくて幸せな日々を送っている。

◆◇◆◇

「ノンナ、ちょっとお使いに行ってきてくれない？　今日どうしても飲みたいお茶があるんだけれど、ラフェオン様にお会いできる時間が把握できなくて出かけられないのよ」

セシリア様の可愛らしいお願いに頬が緩むのを堪えられないまま、アタシはすぐに返事をする。

「このノンナにお任せください！」

前の雇用主も突然お使いを命じてくることがあったけれど、あの時はすごく嫌だったな。だけど、セシリア様にはこうしてお願いされるのは嬉しくてたまらないのだ。

尊く、素晴らしく、ラフェオン様を一途に愛するとんでもなく愛らしいお方。ひたすら思うがままにつき進む、身も心も自由な人。

セシリア様の側にいるアタシたち、キャムもデイミアンもロッドさんも、みーんな知っている。なんだかんだ言ってラフェオン様も、セシリア様の底なし沼のような魅力にすっかりやられちゃっているってこと。

ご希望のお茶の葉を扱っているのは街の小さな商店だ。あの店は他の店には置いていない、珍しいお茶もたくさんある。

セシリア様に仕えるようになって、給金もたくさんもらえるようになった。貯金をしても、仕送りをしても、お小遣いがたっぷりあまる。

お茶の葉を買うついでに自分のおやつも買っていこうかな。お気に入りのおやつをセシリア様におすそ分けすると、とても喜んでくれるのだ。

庶民のお菓子なのに、メイドのアタシが差し出すお菓子をためらいもなく口にして、美味しいわね、と無邪気に笑うセシリア様。

あまり好みじゃないものだと普通にそう言って断ってくれるので、喜んでくれる時には本心なのだと分かって余計に嬉しいし、本当は迷惑なんじゃないかと不安になることもない。

商店に着いてお目当てのお茶を手にお菓子を選びながら、どうしてセシリア様のお願い事が嫌じゃないのか考えてみる。

前の雇用主とは日頃の接し方や言動がまず違うし、人としてセシリア様を大尊敬していることは前提として……セシリア様のお願いはいつだって魔王陛下が理由だからこそ、微笑ましくて応援したくなるのだと思う。

むしろお願いなんかされなくても、セシリア様のために何かできることはないかといつも考えてしまっている気がする。

「このお菓子なら、魔王城じゃ出てこないしセシリア様のお口にも合うかも」

庶民的なお菓子を手に取りながら、思わず微笑む。


……と、突然後ろから肩を掴まれた。

「あら、ノンナじゃないの！　あんた、お菓子なんか手に取って……まさかお使い中に予算の横領をして自分のおやつでも買ってるんじゃないでしょうね！」

この声はよく知っている。

前の職場でアタシを誰よりも馬鹿にして嫌がらせばかりしてきた、セシリア様の元へ行くメイドを決める時、『この場で一番無能で役立たずで残念なのはあんたなんだから、あんたが行くべきよ！』とアタシに押し付けてきた、あの元同僚メイドの声だ。

だけど、もうあんたなんか怖くないし、ついでに言うと恨んでもいない。というか、この元同僚のおかげでアタシはセシリア様と出会えたんだし、感謝しているくらいだ。実際にお礼を言ってもいいかもしれない。

そう思い、にっこり微笑んで振り向くと、同僚は目玉が飛び出るんじゃないかと思うほど目をむいた。

「は、はああ⁉ あ、あんた顔の傷は⁉ 潰れた左目がどうして元に戻っているのよ……⁉」

あまりの驚きようにこっちまで驚いてしまう。

だけど、すぐに気づいた。そうか、元雇用主は愚痴や悪口ばかりで、決して他人のいい話なんてアタシたちメイドにしなかった。

だからこの子もセシリア様が本当はどんな人なのか知らないまま、アタシが地獄のような職場に送られたとずっと思い込んでいたのだろう。

……これは、セシリア様の本当の姿をさらに広めるいい機会なのでは？

だって、あの素晴らしい人が、少しでも悪く思われているなんて我慢できないもの。

「顔の傷も潰れた目も、セシリア様があっという間に治してくれたのさ」

「え……⁉ あ、あの傷を治した……⁉」

「そう、セシリア様は本当に素晴らしい人で、アタシよりもっとひどい怪我の使用人も一瞬で全快だった。それにお優しく、美しく、とんでもなく魅力的な人なんだ」

「そんな、聖女が……いい人だったというの？」

信じられないのも無理はない。アタシだって自分が体験していなかったら疑っただろう。

街中でもセシリア様の評判は広まっているけれど、狭い世界で生活しているこの子には、そんな話を耳にする機会もなかっただろうし。

「このお菓子も、アタシのお給金で買うんだ。セシリア様と一緒に食べようと思って」

「雇用主である聖女と、一緒にお菓子を食べるですって……⁉」

あまりにも驚いたのか、元同僚はうつむき、わなわなと震えている。

そういえば、この子もお茶の葉を買ったみたいだ。大方あの雇用主に買ってこいと命令されたのだろう。

「……い」

「えっ？」

「ずるい！　ずるいずるい！　なんであんたなんかがそんないい思いをしているわけ⁉　聖女がそんなにいい人なら、私が行くべきだったわよね⁉　そ、そうだ、あんただって最初は嫌がっていたものね？　今からでも遅くないから、私と代わりなさいよ！」

「……は？」

アタシを羨ましがるのは当然だ。それほどセシリア様のメイドという役目は素晴らしく、誇り高き職だから。

だけど、アタシにそれを押し付けておいて、待遇がいいから交代しろとはどういうことだ。

「そんなこと、できるわけがないでしょ！」

慌てて反論すると、強く睨みつけられる。

「ノンナのくせに生意気よ！　聖女だって私を見ればきっと気に入るはずだし、あんたなんかより私がいいって言うに決まっているんだから、今のうちに言うことを聞きなさい！」

ああ、そうだ。前のアタシはこうしてこの子に睨まれると、反抗する気力があっという間になくなって、言うことを聞いてしまっていたっけ。

あの頃のアタシには全く自信なんてものがなかったから。

だけど、今のアタシは違う。そんなことできるわけがないし、できたとしても絶対に嫌よ。

――そう告げようとして……アタシが口を開くより先に、小鳥のさえずりのような美しい声が聞こえてきた。

「あら、ノンナ。ひょっとしてもめているの？」

この声は……

「セシリア様！」

どうしてセシリア様がここに？

疑問に思うよりもずっと考えていた人が目の前に現れたことが嬉しくって、アタシは急いでセシリア様に駆け寄る。

「うふふ、ラフェオン様が夕方に時間を作ってくれるって約束してくれたから、すぐにノンナの後を追いかけたの。いつもあなたのオススメのお菓子を分けてくれるから、今日は一緒に選ぼうと思って。だけど、もう選んだみたいね」

「アタシと一緒に……!?」

感激に震えていると、セシリア様はちら、と元同僚に視線を向ける。

元同僚はセシリア様のアタシへの態度に唖然としていた。きっと、アタシが話を盛っているとでも思っていて、セシリア様の素晴らしさの半分も信じていなかったんだろう。

今、女神のごとき本物のセシリア様を目にして、その存在のあまりの眩しさに心臓が止まっているに違いない。

「あの子、ノンナのお友達？」

首を傾げるセシリア様に、元同僚が目を輝かせてアタシに目配せをしてくる。

友達として紹介してほしいのだ。あわよくばさっき吐いていた世迷い事のとおり、自分がセシリア様のメイドになるチャンスがあるとでも思っているのだろう。

「まさか！　知らない人です！」

アタシの言葉に元同僚が声を荒らげようと口を開いた瞬間、セシリア様がにんまりと笑った。

「そう、そうよね。だってさっき、あの女が『ノンナのくせに』と言ったのが聞こえたもの。私のノンナにそんな口を聞くなんて、まともな感性をしていたらありえないもの。可愛いノンナ、おかしな子は放っておいて、さっさと帰りましょう」

「……っはい！」

ああ、どうしよう。嬉しくて胸が苦しい。セシリア様は、すべて分かっていたんだ。

自分のほうがアタシよりずっと優れていて、セシリア様にも当然選ばれるに違いないと思っていた元同僚は、すっかり顔色を失って立ち尽くしていた。

アタシのために、意地悪だって言ってくれるセシリア様。本当に本当に大好き！

セシリア様に仕えることができたアタシはなんて幸せなんだろう？

アタシの退屈で色のない日々があっという間に変わった日。あの日が、間違いなくアタシの運命の分岐点だった。

きっといつかセシリア様がラフェオン様と正式に結ばれたその日は、誰よりもアタシがお祝いして差し上げたい。そして、そう遠くない未来に、お二人に生まれるお子様のお世話も絶対にアタシがするんだ。

そう心に誓いながら、アタシはセシリア様とご機嫌で帰路につき、立ち尽くしたままの元同僚のことをすっかり忘れ去ったのだった。

あとがき

初めまして、星見うさぎと申します。

この度は『猫かぶり聖女、討伐するはずの魔王がどタイプだったので帰るのやめた。（絶対に振り向かせてみせます！）』をお手に取ってくださり、ありがとうございます！

本作は小説家になろうにて中編として執筆したもので、書籍化にあたり約4万文字ちょっと加筆いたしました。完全に書籍版のみのエピソードもありますので、なろう版を読んでくださった方にも、もちろん書籍で初めて読んでくださる方にも、少しでも楽しんでいただければ嬉しいです。

私は個人的に『ヒロインのことが好きすぎて様子がおかしくなってしまう、愛が激重なヒーロー』が大好きなのですが、本作の愛激重さんはヒーローではなくヒロインであるセシリアです。

激重愛情に突き動かされて、どこまでも積極的になれちゃう可愛く明るく強い女の子、セシリアを書くのはとても楽しい時間でした。

自分勝手で、性格もあまり良いとは言えない、猫かぶりばかりがとんでもなくうまい性悪聖女セシリアですが、ラフェオンやフォードのような周囲の人たちと一緒に、セシリアに対してどこか憎めないな、と思ってしまう可愛げを感じてもらえれば嬉しいです。

そして、イラストはなんと藤未都也先生が描いてくださいました。

ラフから始まり、イラストを拝見する度にひっくり返りそうな美麗さで、私は本当に本当に拝見する度に慄いて感激しまくりでした……！

まずラフェオンがとんでもなく美麗！　セシリアがどタイプだからって一目惚れするのも納得の美しさ。それなのにコミカルな姿も似合うのが可愛くて仕方ないですね。

セシリアは顔だけ見ていればどう見ても完璧な聖女という清楚な可愛さ！　口絵はじっくり見てくれましたでしょうか？　あまりのイラストの攻撃力に私は死にました。

表紙のミニキャラバージョンの二人も可愛すぎです。

ルルもさすがの可愛さだし、ギゼラの爆美女具合も最高です。ご飯が進みそうですね。

個人的に眼鏡インテリキャラ的な男性にそんなに胸がときめくタイプではなかったのですが、藤先生の描いてくれたロッドが刺さりすぎて、ついに新しい扉を開いてしまいました。

（これを書きながらイラストを見ているのですが、好きすぎて本当に胸が苦しいです）

もちろん他の皆もめちゃくちゃ可愛くて美しくてとんでもなく素敵なのですが、編集担当さんと一緒に目玉が飛び出すほど驚いたのがナイジェルです。

ナイジェルが！　かっこよすぎる……！

この超絶美麗な王子様がセシリアを一途に想っていて、なんならちょっとストーカーチックに激重感情でぽやぽや恋しちゃってるのかと思うと、さらに可愛く見えてきますね。

それなのにセシリアは全然ナイジェルに興味ないなんて不憫で可哀想……とかなり興奮しました。

イラストについてはもっともっと、一枚一枚について熱く語りたいところですが、それを始めてしまうとページ数が足りなくなる恐れがあるのでこの辺で。どこを見ても素敵なイラストばかりですが、みなさんは誰が一番好きでしたか？　想像するととても楽しいです。


最後になりますが、キャラ達に魅力いっぱいに吹き込んでくださったイラストの藤未都也先生、一緒に盛り上がってくれた担当様、刊行にご尽力いただいた関係者の皆様、そして何よりこの本を手にとってくださった読者の皆様に感謝をお伝えしたいです。

本当にありがとうございました！

またお目にかかれる機会がありますように。

あとがき

星見うさぎ

好評発売中!
毎月
第1金曜日
発売☆
今も昔も、
過去も未来も、
愛する人はただ一人だけ
一途に恋する国宝級令息×秘密を抱えた令嬢の
運命を越えたラブスペクタクル!
国宝級令息の求婚1～2
著：sasasa　イラスト：ザネリ
PASH UP!
URL https://pash-up.jp/
X @pash__up

PASH!ブックス
離縁可能な契約結婚のはずが
「……君を逃すつもりはない」ってどういうこと!?
有能貧乏令嬢と国最強の神獣騎士が織りなす
マリアージュ・ラブファンタジー!
酔っ払い令嬢が英雄と知らず
求婚した結果1～3
著：長月おと　イラスト：中條由良
PASH! BOOKS《パッシュブックス》
URL https://pashbooks.jp/
X @pashbooks

この本を読んでのご意見・ご感想・ファンレターをお待ちしております。
<宛先>〒104-8357　東京都中央区京橋 3-5-7
（株）主婦と生活社　PASH! ブックス編集部
「星見うさぎ先生」係

※本書は「小説家になろう」（https://syosetu.com）に掲載されていたものを、改稿のうえ書籍化したものです。
※この作品はフィクションであり、実在の人物・団体・法律・事件などとは一切関係ありません。

PB
PASH! ブックス

猫かぶり聖女、討伐するはずの魔王がどタイプだったので帰るのやめた。
絶対に振り向かせてみせます！

2025年5月12日　1刷発行

著　者　星見うさぎ
イラスト　藤未都也
編集人　山口純平
発行人　殿塚郁夫
発行所　株式会社主婦と生活社
〒104-8357　東京都中央区京橋 3-5-7
03-3563-5315（編集）
03-3563-5121（販売）
03-3563-5125（生産）
ホームページ　https://www.shufu.co.jp
製版所　株式会社明昌堂
印刷所　大日本印刷株式会社
製本所　株式会社若林製本工場
デザイン　フクシマナオ（ムシカゴグラフィクス）
編集　堺香織